新 潮 文 庫

キャンセルされた街の案内

吉 田 修 一 著

新 潮 社 版

9461

キャンセルされた街の案内　目次

キャンセルされた街の案内

日々の春

コピー機と格闘している新入社員の立野くんの横顔を眺めていると、そのあごの形があまりにも美しくて、つい見惚《みと》れてしまった。まだひげと呼ぶには心もとない純白のうぶ毛が生えていて、きのうの夜食べた桃を思わせなくもない。冗談で触れてみようかと手を伸ばすと、彼は何を勘違いしたのか、「ちょ、ちょっと待った。このボタンでしょ？　これを押せばいいんですよね」と、慌《あわ》ててソート機能をＯＮにして、「ほらね」と自慢げに微笑《ほほえ》んでみせる。

立野くんは、どういう風に女のコを抱くのだろうかと私は思う。もしも彼が後輩社員でなければストレートに訊《き》けるのだろうが、さすがに仕事を教えている最中にすらっとできる質問ではない。

「立野くんって、映画とか、どんなの観《み》るの？」

ホッチキスで留まった冊子が、次々と飛び出してくる排出口を飽きずに眺めている彼に尋ねてみると、「映画ですか？　今度、『００７』を観に行くつもりですけど」とさらっと答える。

「ああいう映画が好きなんだ？」

「別に好きじゃないけど、あの手の映画って観たあとでスカッとするから」

立野くんがどういう風に女のコを抱くのか、なんとなく分かったような気がした。

＊

おそらく立野くんは、まだネクタイを三本しか持っていない。青地に白いドット。シルクらしい銀色の無地。そして、小さなピエロがたくさん描かれたベージュのネクタイ。訊けば、三本とも自分で買ったものらしい。

「ねぇ、セクハラ覚悟で訊くけど、立野くんってどんな下着はいてる？」

唐突な私の質問に、立野くんは食べていたそばをふきだした。拍子に、わさびが鼻に入ったのか、涙目になって咳《せ》きこんでいる。ランチタイム、オフィス街の混んだそば屋のなかだった。

「答えたくなかったら、無理に答えなくてもいいから」

咳きこむ彼に、ペーパーナプキンを渡しながらそういうと、鼻をつまんだ立野くんが、「普通のトランクスですよ。白いブリーフとかじゃないですから！」と少し怒ったように答える。

「なんで私が白いブリーフだと思ってるって思った？」

「だって……」

立野くんは改めてそばをすすりはじめた。

「……だって、今井さんって、俺のことちょっと馬鹿《ばか》にしてるから」

意外な答えではあったが、仏頂面《ぶっちょうづら》でそばをすする彼の様子がかわいかったので、敢《あ》えて訂正しなかった。

＊

立野くんは、酔うと別れた彼女の話をするくせがある。そして私は、その話を聞くのが嫌いではない。左耳に二ヶ所あいているピアス。豪徳寺でのアパート探し。配達が遅れたドミノ・ピザ。渋谷駅前での待ちぼうけ。韓国旅行での焼肉をめぐる些細《ささい》なケンカ。

まだ数回しか立野くんと一緒に飲んだことはないのだが、詳しく話をされているせいか、私は何度もふたりを街で見かけたことがあるような気がする。その情景のなかで、立野くんと彼女はいつも仲良さそうに手をつなぎ合っている。

「もう一回、連絡とってみればいいのに」

私が他人事《ひとごと》のようにそういうと、立野くんは必ずビールを一口だけ飲んでから、

「いや、もう無理ですよ。絶対に無理」と首をふる。

伏し目がちに首をふるその姿があまりにも沈痛で、少しだけその女のコが羨《うらや》ましくなる。

「ちゃんと話してみなきゃ分からないじゃない」

「いや、絶対に無理ですよ」

目のまえでそうきっぱりと言われると、まるで彼から、別の何かを絶対に無理だと断言されているようでつらい。

酔うと私のことを思い出してくれるような男と、私はこれまで付き合ったことがあるだろうか。いくつか顔は浮かんでくるが、残念ながら、そのなかにもう一度やりなおしたいと思う人はいない。

「一度だめになったら、もう終わりなんですよ」

そう呟《つぶや》いて、串焼《くしや》きを追加注文しようと店員を呼ぶ立野くんに、私は、「あと砂肝もお願い」と、付け加えることしかできない。

*

立野くんと飲みにいったことを同僚のサヤカに告げると、「今期入社のなかじゃ、二課に配属された井上くんのほうが、だんぜんよくない？」と首をかしげられた。会社帰りに立ち寄ったタワーレコードの店内だった。「いい悪いの問題じゃないのよね」と私は答えた。「別に、立野くんのことが好きなわけじゃないし」と。

「だって夢に出てきて以来、気になるんでしょ？」

「そう、気になるのよ。でも、なんていうのか、本当に、ただ、気になるだけなんだよね」

サヤカは、「へぇ」と興味なさそうに唸《うな》ると、目のまえにあったCDを「あ、これ、すごいいよ」と一枚ぬきとった。

「知ってるでしょ？　ノラ・ジョーンズ。このまえ、グラミー獲《と》った」

私は「うん。知ってる」と頷《うなず》きながら、渡されたCDを見るともなく見た。

「立野くんって、話してて面白いの？」

別のCDを試聴しようと、ヘッドフォンを手にとったサヤカに訊かれ、「別に、面白いってわけでもないけど」と私は答えた。

「立野くんって、彼女とかいないの?」

「最近、別れたらしいよ。酔うと、その話ばっかりしてる」

「別れた彼女の話を、ただじっと聞いてるんだ?」

サヤカがヘッドフォンをつけて試聴をはじめると、店内に流れていた曲が、ロビー・ウィリアムスからノラ・ジョーンズに変わった。

しばらくのあいだ、そのやさしい歌声に耳を傾けているうちに、朝の砂浜をゆっくりと散歩しているような気分になってくる。もしかすると、サヤカがこの曲を聴くように、私は、立野くんの失恋話を聞いているのかもしれない。

「さんざんケンカしたあとでも、人ってやっぱり眠るじゃないですか。彼女の寝顔とか見てると、なんか、それが笑ってるように見えるんですよね。言いたいことだけ言って、さっさと寝ちゃってる彼女のこと、心のなかじゃ、ぶっ殺してやろうか、ぐらい思ってるんだけど……、なんか、彼女が夢でも見て、笑ってるように見えちゃって」

立野くんは、別れてしまった彼女のことを、まるでこれから付き合いはじめる女のコのように話す。

いつだったか、喫煙室で偶然一緒になった立野くんに、「今井さんって、休みの日とか、何やってんですか？」と訊かれたことがある。

見栄を張っても仕方がないので、「特に予定がない日は、洗濯して、部屋の掃除して、本なんか読んでるとすぐに夕方だから、晩ごはんの材料を買いに行って……」などと答えていると、何を思ったのか、急に真面目《まじめ》な表情になった立野くんが、「セクハラ覚悟で訊きますけど、もしかして今井さんって、今、付き合ってる人とかいないんですか？」と訊いてきた。

喫煙室には別の課の人たちも何人かいた。私たちの声が聞こえていたかどうかは分からないが、立野くんの質問に深い意味がないことだけは分かった。

「そう、いないのよ」

私が素直に答えると、立野くんは、「へぇ」と頷き、「でも、休みの日に今井さんと同じようなことしてる男なんて、きっといくらでもいると思うけどなぁ」と、今度は首をひねった。

＊

立野くんは喫煙室でたばこを吸うとき、これでもかというほど脚を広げてパイプ椅《い》子《す》に座る。その角度が広がれば広がるほど、偉そうではなく、逆にその幼さが強調される。

たばこの火を灰皿で消しながら、「そういう立野くんは、休みの日、何やってるのよ？」と私は訊いた。彼は一瞬遠くを見つめるような顔をして、「休みの日は寝てますね」と答えた。

「寝てるだけ？」

呆《あき》れて私がそういうと、彼はちょっと考えるふりをして、「寝転がって、窓の外の空を眺めてますね」と笑う。

「顔に似合わずロマンティックなことというじゃない」

私はひとり喫煙室をあとにした。廊下の先に真っ青な空が見えた。もう何年もこの会社に通いながら、はじめてそこに窓があることを知った。

＊

やりがいのある仕事をして評価され、人生を愛する人と共にすごす。昔、ぼんやりと思い描いていた理想が、最近少しずつ変わってきたように思う。こうなればと願っていたその理想から、自分でも気づかぬうちに、ひとつ、またひとつと、何かを削除しはじめているのかもしれない。今ではもう、最初に何を削りとったのか、その跡形もない理想から読みとることはできない。「アリー my Love」の再放送を、つい明け方まで見つづけてしまうのは、もしかすると、削りとったその何かが、そこに映し出されるような気がするからかもしれない。

＊

休日出勤した土曜の夕方、取引先から戻ってくると、デスクに立野くんの姿があった。熱心にパソコンを打っているその背中に、「休みなのに、どうしたの？」と声をかけると、ビクッと振り返った彼が、「なんだ、今井さんか……。脅かさないでくださいよ」と大げさに驚いてみせる。

「ケータイ忘れたんで取りにきたんですけど、ヒマだし、ブラインドタッチの練習でもしようかと思って」

立野くんのデスクには「北斗の拳・激打《げきうち》」と書かれたタイピング練習ソフトが置いてあった。

「立野くんって家にパソコン持ってないの？」

「持ってないですよ」

「珍しいね」

「そうですか？」

　この日、立野くんは私服だった。はじめて見る彼の私服は、お世辞にもセンスが良いとは言えなかったが、その着古されたトレーナーは彼のからだによく似合っていた。彼がこのトレーナーを好きなのではなく、まるでこのトレーナーが、彼を好いているようなのだ。

「あ、そうだ。課長が、『今日はもう帰っていいから』って言ってましたよ」

　コーヒーメーカーにスイッチを入れていると、背後から立野くんの声がした。

「課長、もう帰っちゃったの？」

「はい。三十分くらいまえに奥さんと娘さんが迎えにきて。これから銀座で買物だとかなんとか」

「杏子《きょうこ》ちゃんが来たんだ？」

「今井さん、杏子ちゃんのこと知ってるんですか？」

「たまにサッカー部の応援に行くと、奥さんが連れてきてるもん」

「へぇ、今井さんって、サッカー部の応援とかに行ったりするんだ？　実は俺も誘われてるんですよね、課長に」

「あ、そう。やればいいじゃない」

「だって、ルールも知らないんですよ。俺、剣道部出身ですから」

「どこと試合したって勝ったこともないヘボチームなんだから、気にすることないわよ」

「そうですか？　じゃあ、ちょっとやってみようかな。明日も試合があるとか言ってたから」

　淹《い》れたてのコーヒーを飲んだあと、会社を出たのは夕方の四時すぎだった。一緒に出るかと思ったが、立野くんはもう少し「北斗の拳・激打」をやってから帰ると、ひとり残った。夕食に誘うには早すぎたし、それに、もしかするとこのあと誰かと約束があって、それまでの時間をつぶしているのかもしれない。私は、敢えて声をかけなかった。

　晴海《はるみ》通りへ出て、地下鉄の銀座駅へ向かっていくと、正面の有楽町マリオンの壁に「００７」の看板がかかっているのが見えた。立野くんはもうこの映画を観たのだろうか。午後の四時半。このまま帰宅するには、少し中途半端な時間だった。私は生まれてはじめて、「００７」を劇場で観ることにした。

誰かをゆっくりと好きになれるのだろうか。誰かを好きになったことをゆっくりと認めることはできるかもしれない。でも、ゆっくりと誰かを好きになることはやはり不可能なような気がする。

＊

翌日曜日、東京の空は、朝から晴れ渡っていた。

私はベッドシーツを洗い、ベランダに思いっきり広げて干した。立野くんから電話があったのは、午前十時を少し廻ったころだった。

「すいません、寝てましたか？」

受話器の向こうからひどく遠慮したような声が聞こえる。

「起きてたけど……、どうした？」と私は尋ねた。

「いや、別に大したことじゃないんですけど……」

最初、電波が悪いのかと思ったが、単に立野くんの声が小さいだけのようだった。

「どうしたのよ？」

「いや、あの、実は今、多摩川のサッカー場に来てるんですけど……」

「あ、そう。やることにしたんだ？」

「あ、はい。で、今日、あんまり天気がいいから、もしヒマなら、今井さんもぶらっと遊びに来ないかなと思って」

改めて立野くんにそう言われると、ベランダの向こうに広がる青空が、いっそう色濃く目に飛び込んでくる。

「多摩川のサッカー場っていつもの場所？」と私は尋ねた。

「えっと、ちょっと待ってください」

受話器の向こうから、立野くんが近くにいるのだろう誰かに、場所を確認する声が聞こえる。

「はい、いつもの場所だそうです」

「でも、これからだと、着くころには終わっちゃうんじゃない？」

「いえ、大丈夫です、試合は一時からだから。来れるんですか？」

「こんな天気の日に、土手に寝転んだら気持ち良さそうだもんね」

「ほんとっすか？　えっとじゃあ、駅まで車で迎えに行きますよ」

立野くんが立っているグラウンドの光景が目に浮かんだ。川をのぼってくる春風が、土手の草を静かに撫《な》でている。昔、ぼんやりと思い描いていた理想が、少しずつ変わってきたように見えるのは、もしかすると、何かが削られたその場所に、別の何かが新たに描き加えられているからかもしれない。

総務の島尾くんの車を借りて駅まで迎えにきてくれるという立野くんと、待ち合わせの時間を決めた。電話を切ろうとすると、「あ、そうだ。『007』どうでした？」と彼がいう。

「え？　なんで知ってるの？」

「だって、きのう、俺も同じ映画館にいたから」

「うそ？　声かけてくれればいいのに」

「そう思ったんだけど、なんとなく遠慮しちゃって……」

「そっか。立野くんも、あそこにいたんだ」

「そう。後ろのほうに座ってたんですよ」

電話を切ってベランダに出た。立野くんの言うとおり、あまりにも今日は天気がいい。干したばかりのベッドシーツが、春風に揺れている。

立野くんは次の上映開始までの時間をつぶそうと、ひとり残って「北斗の拳・激打」をやっていたという。

零下五度

きのうの夕方、わけもなく泣き出してしまった。理由などなかった。敢えて挙げるとすれば、チェックインしたホテルの部屋に灰皿がなく、空港からずっと我慢していたタバコが吸えなかったこと、もしくは小さなスーツケースに入れてきたとばかり思っていた手袋が見つからなかったこと……。

どちらにしても、泣き出してしまうほどのことではなかった。灰皿ならフロントに電話を一本かければいい。手袋なら、それこそ東大門《トンデムン》の露店で買えばいいのだ。

ベッドに腰かけて泣き始めると、その姿が壁のよく磨かれた鏡に映った。私は化粧が崩れないように、ティッシュを持って鏡の前へ行き、泣く自分を眺めながら、しばらく泣いた。

声を上げると、泣き続けられないことに気づいた。私は鏡を離れてベッドに戻り、「泣くな、泣くな」と自分に言い聞かせた。泣き声をあげるのを禁止したら、不思議と泣き方の質が変わって、まさに胸の内からこみ上げてくるような、悲愴《ひそう》な嗚咽《おえつ》をしばらく続けられた。

サイドテーブルのデジタル時計を見れば、五時五十五分だった。ついでだからあと五分泣こうと思った。あと五分泣いたら身支度をして、タクシーで参鶏湯《サムゲタン》を食べに行こうと。

日本を発《た》つ前日、間違いなく手袋はスーツケースに入れた。二ヶ月ほど前、営業部で催された忘年会で二等賞を当て、中に入っていたのが美しい羊革の手袋だった。

二等賞を当てて喜んでいると、ヨーロッパ個人旅行部門担当の白坂が、「ねぇ、例の映画思い出した？」とビールグラス片手に話しかけてきた。一瞬、何の話だったか分からず、「え？」と訊《き》き返したのだが、すぐに、「あ、ああ……。まだ」と答え直した。

「韓国の映画ってことは間違いないよねぇ？」

少し強すぎる香水をつけた白坂が、そう言って首を傾《かし》げる。

「そうなのよ。韓国の映画ってことは間違いなくて、ただ、日本で有名なクォン・サンウとか、パク・ヨンハとか、チャン・ドンゴンとか、そういう俳優が出てるようなものじゃなくて、もっとこうマイナーな感じの……」

「そう、そうなんだよねぇ。けっこうコメディータッチの映画だったような……」

「って、白坂さん、この前も言ってたけど、私は、なんか暗い印象なんだよねぇ」

「そうだっけ？　暗かったっけ？」

「いや、よく分かんないんだけど……。とにかく韓国の映画やドラマばっかり見過ぎてて、もうどれがどれだかよく分からないよね」

そこまで言うと、白坂は同じ部署の課長を見つけて、バーカウンターのほうへ歩いていった。同期入社で、同じ三十歳、もう五年も前になるが、一度だけ一緒にバンコクへ旅行に行ったことがあった。食べるものから、浴室を使う時間の長さまで、とにかく意見やタイミングの合わない旅で、後半になると、「今回の旅費は全部、白坂さんに出してもらっているんだ」とでも思い込まないと、気がヘンになりそうだった。

バンコクで白坂は大学の同級生だった人ともうすぐ婚約するかもしれないと言った。そのときは素直に祝福したのだが、以後、彼女からその後の話は聞いていない。

バーカウンターでヨーロッパ部門の課長と話す白坂の背中を眺めながら、私はグラスに残っていたシャンパンを飲み干した。ただ、飲み干したところで、さっき白坂から言われた韓国の映画が思い出せるわけでもない。

たしか離婚したばかりの男が主人公だった。週末、男は夜になると、（おそらく南大門《ナムデムン》とか、東大門とかの）屋台が並ぶ通りへ向かい、安いネクタイを買いあさる。たとえば一本五百円くらい。一応「シルク」とタグには表示されているが、男はもちろん信じておらず、それでも嬉《うれ》しそうにさまざまな色のネクタイを買う。決してネクタイが欲しいわけではない。もちろん収集家でもない。男の顔にはそれがきちんと書いてある。

「白いのを買うと、赤いのが欲しくなるんだ」と、男は店のおばさんに言う。

「じゃあ、細いのを買ったら、太いのが欲しくなるんじゃないの？」と、店のおばさんがまた別のネクタイを男に渡す。

男が選んだ五、六本のネクタイを、おばさんはまるで駄菓子か何かのように紙袋につめて男に渡す。

紙袋を受け取って、男は屋台街の雑踏を歩き出す。欲しくもないものを手に入れて、それでもどこか嬉しそうに。

たしかに韓国が舞台の映画だった。ただ、どこでいつ観《み》たのかが思い出せない。映画館で観た記憶はない。DVDを借りた記憶もない。もしかすると、映画館の予告、もしくは借りてきたDVDの予告で観たのかもしれない。もしも白坂がいなければ、夢で見た光景だったのかもしれないと結論を出してもいいくらい、それほど曖昧《あいまい》な記憶だった。

ただ、その映画のそのシーンを観たときに、私は何かを思い立った。何かを思い立ち、とても幸せな気分になれた。その思いつきが自分を幸せにすると確信できた。なのに、それが今、思い出せない。その映画が見つかれば、それを思い出せるかもしれない。でも、肝心のタイトルが思い出せない。

昨夜は参鶏湯を食べて、すぐにホテルに戻った。熱いお風呂《ふろ》に入ると、ここ最近の仕事の疲れがどっと出て、すぐにベッドに入ってしまった。

今朝になって、ソウル市内を一人で歩いた。宿泊したホテルの前に野外スケート場があり、父親の袖《そで》を摑《つか》んで必死に滑る小さな女の子を三十分以上も眺めたりもした。

気温は恐ろしいほど低かった。まだ買っていない手袋のせいで、コートのポケットに手を突っ込んでいても、まるで指先が氷に触れているようだった。実際に今、何度くらいなのか知りたかったが、温度計を持ち歩いているわけでもなく、東京のようにあちこちに気温が記された電光掲示板があるわけでもなかった。

ソウルの街並みは、その寒さのせいで、圧倒的な色合いを見せた。圧倒的と言っても、原色からなる鮮やかさではなく、巨大な氷塊の中にこの大都会があるような、そんな清冽《せいれつ》な印象を私に与えた。

透明な氷の美しさ。遠方に望む山々までをも氷結した清冽な風景。生まれて初めて、私は寒さを美しいと思った。

昼食はホテル近くのお粥《かゆ》の店を選んだ。外を歩き回り、すっかり凍えたからだを熱いお粥で温めたかった。

大通りを外れて路地裏に入ると、年配の男性が高価そうな自転車に防犯装置を取り付けていた。ただ、年配の人が最新型の機器に弱いのは万国共通なのか、取り付けたとたん周囲にけたたましい警報が鳴り、おじさんが慌《あわ》てて止めようとする。その慌て様に、思わず手助けしたくもなるのだが、おそらくおじさんよりも機械音痴の私がしゃしゃり出たところでどうにもならない。閑散とした路地には人影もない。根がおせっかいなのか、私が心配して眺めていると、警報に耳を塞《ふさ》いだおじさんが、こちらを見て照れくさそうに微笑《ほほえ》んでくる。

目当てのお粥店がすぐ目の前にあった。建ち並ぶ民家の中に、ぽつんとある小さな料理店だった。鳴り響く警報の中、とつぜんそのドアが開いた。

中から出てきたのは若い男で、手に(おそらくお粥の入った)丼《どんぶり》を抱え、口にスプーンをくわえていた。おじさんの災難に手を貸そうという感じではなく、鳴り止《や》まない警報にうんざりしているような表情だった。

男はいったん店に入ったあと、数秒後にまた現れた。今度は丼も持たず、スプーンもくわえていなかった。

男は面倒くさそうにおじさんのほうへ歩いていくと、何やら声をかけ、おじさんの手から説明書を奪い取って、さっと数ページを捲《めく》り、「ああ」とでも言うように頷《うなず》いた。男は地面に置かれている小箱から小さな鍵《かぎ》のようなものを取り出した。

ふと気がつけば、このけたたましい警報に、近所の人たちがあちこちの窓から面白がって眺めている。

男は自転車の横にしゃがみ込んで、手にした鍵のようなものを警報器に突き刺した。

その瞬間、周囲に響いていた警報が消え、ふと足元から寒さが戻る。

おじさんに礼を言われて、若い男は何やら笑顔で呟《つぶや》くと、跳ねるように店へ戻った。

両手をジーンズのポケットに突っ込んだその様子が、この寒いソウルの街並みに似合っていた。

そのまま店に入ってもよかったが、なんとなく気が引けた。まるで彼を追って店に入ったように思われそうだったし、そう思われても仕方ないほど、彼は魅力的だった。

二階や三階の窓から眺めていた人々の中に、おじさんの知り合いもいたらしく、どこからともなくひやかすような声がかかっていた。おじさんがおっかなびっくり警報器に、また手を伸ばそうとしている背中が見える。

★

丼にはまだ半分ほどお粥が残っていて、かすかに湯気が上がっている。たった今、ドアを開けて入ってきたせいで、店内に冷気が流れ込んだのかもしれない。スプーンを握るとお粥を軽くかき回した。崩れた卵の黄身が渦のような模様を作る。そろそろ入ってくるかと思ったが、いくら待ってもドアが開く気配はない。

またおじさんのほうを眺めるふりをして窓の外へ目を向けた。日本語のガイドブックを片手に突っ立っていた女が、こちらに背を向けて大通りのほうへ歩き出している。思わず椅子《いす》から腰を浮かせた。太ももがテーブルに当たってお茶の入ったグラスが倒れそうになる。

女はなぜかしら道の端っこを歩いて大通りへ出て行った。出て行ったきり、左へ曲がって見えなくなった。

ガイドブックを抱えた観光客がこの界隈《かいわい》に来るとすれば、お粥が有名なこの店へ入ってくるぐらいしか見当がつかない。実際、警報が鳴り出す前、女はちらちらとこの店に目を向けてもいた。単なる散歩だったのだろうか。それとも道に迷ってしまったのか。

丼に残っていたお粥を掻《か》き込んでいると、「何の騒ぎだったのよ？」と、店のおばさんが声をかけてきた。他に客はおらず、俺の分のお粥を作ったあと、時間を持て余してしまったらしい。

「自転車の警報器」と俺は答えた。

「へぇ、最近は自転車にも警報器をつけるの？」

おばさんが興味もなさそうに窓の外へ目を向け、まだ自転車の横に突っ立っているおじさんの背中を眺める。

「おばさん、この店って、日本人がよく来るの？」と俺は訊いた。窓の外を眺めたまま、「日本人？　今日みたいな週末は日本人の観光客ばっかりよ」と答え、「平日はね、その辺のビルの勤め人が来てくれるけど、週末はねぇ……」と愚痴をこぼして厨房《ちゅうぼう》へ戻っていく。

お粥を食べ終え、厨房にいたおばさんの濡《ぬ》れた手に代金を渡した。食べ終える前に、日本人らしき一組の老夫婦がきて、店内に入るなりガイドブックの写真と見比べて、

（おそらく）「狭いねぇ」みたいなことを奥さんのほうが呟いた。

韓国では狭さを表わすときに「バッタの額」のように、という言い方をするが、日本では「猫の額」というらしい。先日読んだ日本の小説にそう書いてあった。

考えてみれば、日本の小説をよく読むようになったのは、二年前に終えた軍隊生活のおかげかもしれない。それまで日本にはまったく興味がなかったし、もっと言えば、小説も好きではなく、きちんと読み通したものなど一冊もなかったのではないだろうか。

同じ部隊に金圭京《キムキュギョン》というヤツがいて、そいつが日本の女性作家の本を、「あんま面白くねぇけど」と一冊貸してくれた。実際、甘ったるい恋愛小説でおもしろくはなかったが、気がつくと、主人公の女性を自分の姉貴に重ねてイメージしていた。もちろん姉貴が不倫して悩んでいるなんてことはないのに、不思議と主人公の考え方が姉貴のそれととても似ているように思えて仕方なかった。

金圭京は現在、親父さんが経営する自動車販売店で働いている。妙に気が合って、未《いま》だに月に一度くらいの割合で一緒に酒を飲んでいるが、最近ではデパート勤務の女と小学校の先生に二股《ふたまた》をかけているらしく、一緒に酒を飲むたびに、「いやぁ、この世にソウルが二つあればいいんだよな。そうすりゃ、どっちかと会ってるときに、もう片方とかち合う危険もなくなるんだよ」などと、わけの分からない愚痴をこぼす。

お粥店を出て、寒さに身を縮めながら家へ戻る道すがら、ふとあることを思い出した。あれは誰のなんという小説だったか、失恋した主人公の男が、なぜかしらネクタイばかりを安売り量販店で買い集めてしまうエピソードがあった。たとえば一本五千ウォンくらい。一応「シルク」とタグには表示されているが、男はもちろん信じておらず、それでも嬉しそうにさまざまな色のネクタイを買いあさる。決してネクタイが欲しいわけではない。もちろん収集家でもない。

「白いのを買うと、赤いのも欲しくなるんだ」と、男は友人に電話する。

「じゃあ、細いのを買ったら、太いのも欲しくなるんじゃないか」と、夜中の電話に呆《あき》れて、彼の友人は言う。

男は買ってきたばかりのネクタイを鏡の前で順番につけていく。一本結び、それをつけたまままたもう一本。鏡の前には何本ものネクタイを結んだ男の顔が、一つだけある。

たしか日本の小説のはずだ。ただ、誰のなんというタイトルの本だったかが思い出せない。自分で買った本かもしれない。いや、金圭京が貸してくれたのかもしれない。とにかくどこでいつ読んだのかが思い出せない。

ただ、この小説を読み終えたあと、俺は何かを思い立った。何かを思い立ち、とても幸せな気分になった。

家へ戻る足を止め、俺は少し遠回りして書店に向かった。表紙でも見れば、それが誰のなんという本だったのか思い出せそうな気がした。

書店で一時間以上探してみたが、これだと思える本はなく、結局諦《あきら》めて、音楽雑誌を一冊だけ買って帰った。

日が落ちると、気温が一気に下がった。夕食を終え、二階の自室へ戻ると、書店で買ってきた雑誌をパラパラと捲った。両親が隣町にある親類の家を訪ねているせいで、今夜の夕食は姉貴と二人きりだった。

「土曜日なのに、デートする相手もいないわけ？」

その姿が壁の鏡に映っていて、まるで姉貴が自分に言っているようで可笑《おか》しかった。

雑誌を捲っていても、思い出せない小説のタイトルのことが頭から離れなかった。

小説のタイトルさえ思い出せれば、そのときにふと思い立った何かが思い出せるはずだった。ただ、肝心のそれが思い出せない今、何を思い出せないのかが、分からない。何を思い出せないのかが、思い出せない……。

「今夜、出かける？」

階下から姉貴の声が聞こえて、「出かけないよ！　なんで？」と俺は叫んだ。

「出かけるんなら、帰りに車でお父さんたち迎えに行ってもらおうかと思って！」

「何時ごろ、行けばいいの？」

階段を上がってきた姉貴が、ノックもなしにドアを開けて、部屋の中を覗《のぞ》き込む。

「十時ごろ来てほしいって」

「だからノックしろよ」と俺は言った。

「で？　行ってくれるの？」と姉貴が言う。

一瞬、断ろうかとも思ったが、ふと東大門へ足を延ばして、ネクタイを売っている露店でも探してみようかと思い立った。実際に安物のネクタイを手に取れば、何か思い出すかもしれない。

「ねぇ、行ってくれるの？」

姉貴に訊《き》かれて、「分かった。いいよ」と俺は答えた。

姉貴がほっとしたようにドアを閉めようとする。

「なぁ、姉貴って日本の小説なんて読まないよな？」

「日本の？　そんなの、読むわけないじゃない」

階段を降りていく足音に混じって、姉貴の声が返ってくる。

ベッドに寝転んだまま、窓ガラスに手をあてた。手のひらに外の寒さが伝わってくる。さっき見ていたテレビでは、今夜ソウルは、零下五度まで下がるらしい。

台風一過

　昨夜、プールから見上げた夜空には、濃い雨雲が広がっていた。街の灯りを反射させた雲は手を伸ばせば届きそうで、つい調子に乗って手を伸ばしたとたん、バランスを崩し、大量の水が鼻に入った。

　プールの中で慌《あわ》てて立ち上がると、無理に声を殺して咳《せき》を連発した。咳をするたびに、鼻の奥や喉《のど》が火に焼かれるように熱くなる。プールの水で濡《ぬ》れたからだに、どしゃぶりの雨が当たる。暗い水面にゴホゴホと濁った咳が広がった。ただ、水面を叩《たた》く雨粒が多すぎて、小さな波紋は広がらない。

　おとといの夜、泊めてもらった大学生の部屋で、台湾の青春映画を見せてもらった。渋谷のゲームセンターで知り合った人だったが、両替を頼んだのをきっかけに話を始め、素直に「今、家出中なんです」と言うと、「もし泊まるとこないんだったら、今夜うちに泊まっていいぞ」と気安く言ってくれた。危ない感じの人ではなかったので、

JRと地下鉄を乗り継いで彼の家に行った。一人暮らしの散らかったアパートを想像していたのだが、連れて行かれたのは中野区という場所にある小奇麗な一軒家で、きちんと片付けられた玄関には世代も性別もバラバラの靴が、乱れることもなく並べられていた。

彼の部屋は玄関を入ってすぐのところにあった。廊下の奥にあるらしいリビングから、テレビの音に混じって女たちの笑い声がときどき聞こえ、それに混じって彼の父親か、祖父か、とにかく年配の男の笑い声もした。

彼は家出の理由とか、どこから来たのかとか、まったく訊《き》いてこなかった。ただ、まだ晩めしを食っていないと僕が言えば、「あ、そう」と立ち上がって部屋を出て行き、カップラーメンにお湯を入れて持ってきてくれ、その背中に、「智之《ともゆき》、お友達が来てるんだったら、なんか作ってあげようか?」という母親らしい女の声がかかる。彼に、「どうする?」とその場で訊かれて、「いや、いいですよ。それで」と慌てて答えた。彼は、「いいって!」と廊下の向こうに叫び返した。

何の変哲もない部屋だった。壁にはイチローのポスターが貼《は》ってあるのだが、あまり大事にしていないのか、その上に大学の時間割が画鋲《がびょう》で留めてある。子供のころから使っているようなベッドに背中でもたれて、カップラーメンを啜《すす》っていると、「あ、そうだ。昨日、DVD借りてたんだ。見ていいか？」と彼が言う。もちろん反対する理由も権利もないので、「あ、はい」と頷《うなず》いてズルズルッとラーメンを啜った。

彼は学習机に置かれていた青い袋の中からDVDを取り出した。そしてどういう映画なのか説明するでも、タイトルを教えてくれるでもなく、デッキにセットしてリモコンを持つと、ゴロンとベッドに寝転がった。

小さなテレビで始まったのは、台湾の映画だった。ちょうどラーメンを啜ると、僕の頭が画面に重なるらしく、「もうちょっとだけ、ズレてくんないかな」と彼は言った。この台湾の青春映画が終わるまでに、彼が発した言葉はそれだけだった。

映画が終わると、「まぁまぁだな」と彼は言った。そう言ってムクッと起き上がり、デッキからDVDを取り出した。特にこちらの感想を期待しているような言い方ではなかった。

「彼女がさ、この映画、面白いから見たほうがいいって言ってたんだよ」

彼はそう言って、取り出したDVDを透明なパッケージに戻した。やはりこちらに何か答えてほしいような言い方ではなかった。

「あ〜あ、もう一時か」

彼は壁の時計を見上げてそう言うと、僕がスープまで飲み干したラーメンのカップを持って部屋を出て行った。すぐに戻ってくるだろうと思っていたのだが、彼はなかなか戻らなかった。

家を出てからすでに三日目、初日はビジネスホテルに泊まったのだが、所持金が少ないこともあって次の夜は代々木公園の片隅で朝を迎えた。ゲームセンターで、「もし泊まるとこないんだったら、今夜うちに泊まっていいぞ」と彼に言われたとき、正直、ほっとした。泊まる場所ができたからというよりも、これでやっと誰かに、家出の理由を訊いてもらえると思ったのだ。

実際、この三日間誰とも口をきいていなかった。唯一《ゆいいつ》口を開いたのが、ビジネスホテルの受付で「シングルで。はい、一泊で」と答えたときくらいだ。その間、誰も訊いてくれない家出の理由を、何度心の中で呟《つぶや》いていたことか。

三十分ほどしてやっと部屋に戻ってきた彼は、風呂に入っていたらしく、腰にバスタオルだけを巻いていた。「風呂、入る?」と訊くので、「いや、いいです」と僕は答えた。

「あ、そう」

彼はタンスからパンツとTシャツを出して着た。しばらく濡れた髪をバスタオルで拭《ふ》いていたが、ある程度乾いてしまうと、「俺、寝るけど、まだ起きてるなら電気つけといていいぞ」と言って、さっさとベッドに入ってしまった。

僕は立ち上がって電気を消した。リュックを枕《まくら》に床に寝転ぶと、電源が入ったままのＤＶＤデッキのライトが眩《まぶ》しかった。

すぐに聞こえてきた彼の寝息を意味もなく数えながら、たった今、一緒に見た映画のシーンを思い出していた。映画の中で主人公の高校生が夜のプールで泳いでいた。映画だから多少ライトアップされていたが、実際に真っ暗なプールで泳いだら、どんな感じなのだろうかと思った。水底やプールの壁はもちろん、水を掻《か》く自分の手も見えないはずの夜のプール。

そんなことを想像しているうちに眠っていた。カラスの鳴き声で目を覚ましたときには、すっかり窓の向こうも明るくなっていた。

まだ眠っている彼を起こさないように、そっと部屋を出てトイレを探した。ただ、探すほどのこともなく、廊下の突き当たりに「ＷＣ」と書かれたドアがある。そっとドアを開けて中に入ると、強い芳香剤の匂《にお》いに噎《む》せそうになった。タンクの上に女性用生理用品が無造作に積まれていた。

トイレを借りて部屋に戻ると、目を覚ましたらしい彼に、「朝めし食ってけよ」と言われたが、丁寧に礼を言って家を出た。「この辺、分かるか？」と、彼は布団《ふとん》に入ったまま、駅までの道を教えてくれた。

イチローのポスターの上に貼ってあった時間割によれば、午前中、彼にはフランス語の授業があるはずだった。

前の晩に初めて見た玄関だったが、きちんと並べられたいくつもの靴が、なぜかとても懐《なつ》かしかった。

その後、駅前にあったマクドナルドで朝食を食べ、それから一日中街を歩き回った。あてどもなく歩いているつもりだったのだが、気がつくと、忍び込めそうな学校のプールを探している自分に気づいた。

やはり駅前にあった大型電器店で時間を潰《つぶ》し、その中学校のプールに忍び込んだのは夜の九時過ぎだった。校庭への門は難なく越えられたのだが、プールのフェンスが高く、おまけに飛びつくとフェンス全体が揺れて大きな音を立てた。

それでも慎重にプールサイドに飛び降りて、周囲を窺《うかが》いながら服を脱いだ。雲行きは夕方からすでに怪しかったが、雨が降ってきたのはちょうどそのころで、僕は脱いだ服とリュックをシャワー室の軒先に移した。

いきおいよく飛び込むつもりでいたのに、結局、その勇気がなくてそろそろと足から冷たいプールに入った。雨脚が強くなり、暗い水面が騒がしかった。雨のせいか、フェンスの向こうにある街から音が消えていた。まるでこの世には雨に打たれるプールしかないようだった。

昨夜のことを思い出しながら、一向にやまない雨をさっきから見上げている。中野区から、遠くに見えた高層ビル群に向かって歩いてきた。昨夜はプールサイドにあった機械室で夜を明かした。運良く鍵《かぎ》が開いていたのだが、眠るには窓を叩く風と雨が激しすぎた。

今朝になって少し雨脚は弱まったが、中野区からこの高層ビルに囲まれた大きな公園に歩いてくる間に、再び激しさが増している。

どしゃぶりの公園で雨に濡れているのは、ブランコやジャングルジムのような遊具だけで、もう二時間ほどもこの公衆便所の軒先で雨宿りをしているが、まだ一人も公園内を歩いている人を見かけていない。

そのとき、黒い傘をさした男が水たまりを避けながら歩いてくるのが見えた。久しぶりに人を見たような気がして、しばらくその動きを目で追っていると、よほど高い靴なのか、用心深く足を下ろしながら、ゆっくりとこちらへ向かってくる。黒いジャケットの肩がびっしょりと雨に濡れている。

★

遊具が並ぶ公園に、大小さまざまな水たまりができている。どの水たまりにも一様に大きな雨粒が落ち、濁った水面に小さな水の王冠を立てている。

用を足そうと思っていたのだが、公衆便所の前に少年が立っているのでホテルまで我慢することにした。単なる雨宿りなのかもしれないが、どしゃぶりの雨の中、汚い公衆便所の前で菓子パンを齧《かじ》っている少年は気味が悪かった。足元に開いたままの傘が置いてある。

公衆便所を素通りして舗装された道に出ると、幾分歩きやすくなった。傘に落ちてくる重い雨に対抗するように顔を上げれば、濡れて色を増した樹々の向こうに、やはり濡れてますます重厚に見える高層のホテルが建っている。

ホテルに予約を入れたのは今朝になってからだった。朝起きてまずＹａｈｏｏ！のサイトで台風情報を調べ、そのあとにインターネットでホテルの空室状況を確認した。自宅から歩いて五分とかからないこのホテルに、ときどきこうやって泊まりに来るようになったのは、三年ほど前からのことだ。そのころ、ある女友達に、「最近、なんか嫌なことばっかり続くんだよな」と酒席で愚痴をこぼしたのだが、その際、彼女に、「だったら、絶対に嫌な思いをしない場所を教えてあげようか」と言われ、それがこのホテルだったのだ。

実際、その夜、彼女に連れられて五十二階にあるバーへ来た。

東京の夜空に椅子《いす》を並べたようなバーなのよ。

彼女はホテルへ向かうタクシーの中でそう言った。気障《きざ》なこと言うなぁ、と心の中で笑っていたが、実際にエレベーターを降りたとたん、その夜空に足を踏み出すような感じだった。

バーにはベリーニの革椅子が並んでいた。ステージでは、赤いドレスを身にまとった黒人歌手が、しっとりとジャズのスタンダードナンバーを歌っている。

眼下には東京の夜景が広がっていた。日ごろは遥《はる》か頭上で小さく瞬《また》いているビルの高度を示す赤いライトが、すぐそこにある。

「この前ね、タクシーに乗ったら運転手さんが道を間違えたのよ。本当なら右に曲がるべきところを、左に」

話し出した彼女の声に視線を戻した。

「……別に苦情を言うほどの間違いでもなかったから、『あ、はい』なんて適当に返事をしたの。そしたら、その運転手さんが、『今のところ、右にも曲がれたんですけどね、新宿通りに出るところの信号でけっこう詰まっちゃうんですよねぇ。相変わらず工事やってるし、信号のタイミングが悪いんだろうけど、ほんと詰まるときは、一回の信号で五、六台しか渡れないんだから』って長々と言い訳を始めて、仕方ないから、『ああ、そうなんですか』って相づち打ってやると、『そうなんですよ。ほら、この先のトンネル抜けた交差点もひどいでしょう？　あそこは右折信号つけなきゃならない場所なんだよね、本当は』なんて続いてね。いい加減、うんざりしてきたときだったんだけど、ふと外に目を向けたら、ガラス窓にステッカーが貼ってあったのよ。〈私たちは吸いません　お客様のために〉って。……私、なんか急に笑えてきちゃって」

マティーニのグラスを持ったまま話し続ける彼女の背後にも、やはり東京の夜景が広がっている。

「そういうちょっとした嫌なことって、ほんと、どうしようもないんだよな」と僕は言った。

「そう。どうしようもないのよ」と彼女も答える。

「さっき嫌なことばっかり続くって言ったろ。その中の一つなんだけど、この前、マンションのゴミ捨て場に行ったら、三日前に出したはずのうちのゴミ袋がデーンと目立つところに置いてあったんだよ。知ってると思うけど、うちってけっこう分別うるさいだろ？　ゴミ箱だけでも燃えるゴミから、アルミ缶、スチール缶、ペットボトル用って六つも揃《そろ》えてるんだぞ。それなのに、たまたま燃えるゴミの中に空き缶が一個混じってたらしくて、それを見つけた管理人が見せしめのために置きっぱなしにしてたんだよ。〈最低限のルールは守りましょう！〉って赤いペンで書かれた紙まで貼られて。やりたくもない分別を、それこそ神経質なくらいやってて、ほんとにたまたま空き缶が混じっただけなのにさ」

僕は吐き出すように言った。言ってしまうと、なんだかぐったり疲れてしまった。

「最低限のルールを、守り続けなさいってことなのよ。私はゴミの分別をしている、私はあなたが道を間違えたことを怒っている、みんな私たちにそう言わせたいのよね。結局、そう言わせれば、自分にもきちんと反論できる場が与えられると思ってるのよ。結局、みんな何かを言い返したいのよね」

同じように少し疲れた口調で彼女は言った。

どしゃぶりの雨から逃れるように公園を出た僕は、濡《ぬ》れた傘から水滴を振り落としながらホテルのエントランスへ入った。ふと気になって振り向いてみたが、少年が立っていた公衆便所はもう見えず、公衆便所どころか、よこしなぎの雨に公園全体がぼんやりとかすんで見える。

大理石の敷かれたフロアは、こんな日にもかかわらずまったく濡れていなかった。おそらく客が振り落とした雨の雫《しずく》を、そのたびにスタッフが拭いているのだろう。

エレベーターでフロント階へ上がり、チェックインして部屋に向かった。４４２３号室は西東京を望める部屋で、晴れていれば富士山が見えるのかもしれないが、今日はあいにく台風で、すぐそこにある新国立劇場も靄《もや》がかかって見えない。

抱えてきたバッグを床に置き、ごろんと柔らかいベッドに寝転んだ。窓の外を雲が流れていくのが分かる。稲光がときどき大きな窓を青白くする。目をつぶると、自分が地上から遥か離れた場所にいることが感じられる。浮いているのではなく、何かに突き上げられているような感じで。

ベッドから起き上がり、ジャケットをクローゼットにかけて部屋を出た。長い廊下の向こうに赤毛の女性が立っていた。自分の部屋を見失ったのか、それとも酔っているのか、眺めていると、各部屋の番号を一つ一つ確認しながらゆっくりとこちらへ歩いてくる。部屋を見失ったのであればよいが、酔っぱらっていて因縁でもつけられたら困るので、なるべく目を合わせずに廊下を進んだ。しかし、エレベーターホールへ曲がる角でかち合ってしまい、同時にエレベーターの前に立った。

酔っているわけではないようだった。とすれば、やはり自分の部屋を見失ったのか。

ダウンライトの下に立つ彼女の赤毛が、まるで燃えるように輝いている。

先に上へ向かうエレベーターが来た。乗り込んだ僕に、彼女が一瞬、口の端を上げるような笑みを浮かべる。慌《あわ》てて微笑《ほほえ》み返そうとしたのだが、やっと笑顔らしきものが浮かんだときには、すでに扉は閉まっており、タイミングの悪い自分の笑顔がエレベーター内の鏡に映る。

四十五階にあるスポーツクラブのフロントで、水着を借りてプールに向かった。更衣室で着替えて、さらに四十七階へ上がれば、ガラス張りの広々とした空間に、ライトアップされた青いプールがある。誰も泳いでいないプールには波紋も立っておらず、まるで東京の夜空に、青く深い穴がぽかんと開いているように見える。

バスタオルをデッキチェアーに置き、背後のガラス窓に近寄った。台風がさらに接近しているらしく、巨大なガラス窓に大きな雨粒が激しくぶつかってくる。この雨が遥か眼下に落ちていく。落ちた雨は、公園の砂を濡らし、遊具を濡らし、大小の水たまりを作る。

しばらくガラスを這《は》う雨粒を見つめていると、まるで自分がこのまま地上へ落ちていくような気分になってきた。一瞬、血の気が引いて、慌てて僕は誰もいないプールに飛び込んだ。

プールにからだを浮かべると、高い天窓から雨雲が見えた。半分だけ水に浸かった耳に、聞こえるはずもない雨音がする。

「私はゴミの分別をしている、私はあなたが道を間違えたことを怒っている、みんな私たちにそう言わせたいのよね。そう言わせれば、自分にもきちんと反論できる場が与えられると思ってるのよ。結局、みんな何かを言い返したいのよね」

半分、水に浸かった耳に彼女の声が蘇《よみがえ》る。言いたいことを誰からも訊《き》いてもらえない苦しみと、言いたくないことを無理やり言わされる苦しみとでは、いったいどちらがつらいのだろうか。

また遠くで稲光が走る。天窓が一瞬だけ青く光る。その青が、まるで台風一過の青空のように見える。

深夜二時の男

埼京線の十条駅から歩いて三分ほどのアパートだった。一階に大家のおばあさんが暮らし、二階にその息子家族が暮らしていた。三階と四階が賃貸で三階に三部屋、四階に二部屋のこぢんまりしたアパートだった。

四階には大家さん用の広いベランダがあった。遠くに池袋のサンシャイン60が見えるこのベランダで、大家のおばあさんは様々な花を育てていた。

引っ越したばかりのころ、「もし空いてたら、洗濯物とかここに干していいからね」とおばあさんは言ってくれた。「ありがとうございます」と答えはしたが、二階に住む嫁は横で迷惑そうな顔をしていた。

ベランダ横の402号室が私の部屋だった。六畳一間の典型的なワンルーム。大学の最後の一年を過ごすには、可もなく不可もなくと言ったところで、同じような部屋に彼氏と一年以上も同棲《どうせい》していたことを思えば、少し広すぎるような気もした。

隣の401号室に暮らしている高村くんに会ったのは、引っ越した翌日だった。引っ越してきた日に、大家さんからあらかたの説明は受けていて、彼が都内私立大学の薬学部に通う二年生で、広島から上京していることなどはすでに聞かされていた。

「今年で二年目になるけど、ほんとに真面目《まじめ》な子だから、心配しなくていいわよ」

大家さんはそう言って、皺《しわ》の多い顔をほころばせた。彼のことを話すのが、なぜかとても嬉《うれ》しそうに見えた。

「建て替える前は、ここで下宿屋やってたのよ。ちょうどそのころに下宿してた学生さんみたいな感じなのよねぇ。……ほら、もう下宿屋なんて時代遅れだから、みんな建て替えてアパート経営になっちゃったけど、あれは下宿屋が時代遅れなんじゃなくて、下宿屋に似合う学生さんがいなくなったせいなのよね」

大家さんの話では401号室の高村くんこそ、その下宿屋が似合う学生さんらしかった。

翌朝、コンビニにサンドイッチを買いに出て、アパートへ戻ったときだった。自室の鍵《かぎ》を開けようとしていると、隣のドアがとつぜん開いた。中から顔を出したのが高村くんだった。

401号室と402号室、この二つのドアは、彼の部屋用のインターフォンが、唯《ゆい》一《いっ》間にあるだけで、ほとんどくっついていたので、まるで自分が鍵を開けたドアから、彼が顔を出したようだった。

「は、はじめまして。昨日、隣に引っ越してきた……」

あまりにもとつぜんだったので、しどろもどろに挨拶《あいさつ》すると、伏し目がちに外へ出てきた高村くんが黙ってペコッと頭を下げる。使い古したリュックを肩にかけ、大学の名前の入ったスタジアムジャンパーを着た彼の姿は、どこか子供じみて見えた。

「すいません、昨日ご挨拶に伺うつもりだったんですけど、引っ越しの片付けとかしてたら遅くなっちゃって……」

正直なところ、大家さんには菓子折りを用意していたが、隣室の分までは買っていなかった。

「これから、学校？」

あまりにも子供じみて見えたせいで、ついそんな訊《き》き方になってしまった。

「あ、はい」

高村くんがどこか拗《す》ねたように、それでもきちんと頷《うなず》く。

「いってらっしゃい」

何気なくかけた言葉だったが、一瞬、高村くんが驚いたように顔を上げる。

「い、いってらっしゃい」

その目があまりにも真剣だったので、思わず声がうわずった。

「行って……きます」

高村くんがまるで独り言のように呟《つぶや》く。ドアの前に立っていた私が道を空けると、彼はそのわずかな隙間《すきま》をさっと通り、それこそ転がるように駆け下りていった。その様子に私は思わず顔がゆるんでしまった。

高村くんの背中を見送ったあと、改めて自室の鍵を開けた。あまり高価なドアではないらしく、鍵がかかっているかどうか、その隙間から判断できた。鍵が開いているときは隙間に留め金が一つ。そして鍵を閉めると、それが二つになる。

それから二ヶ月ほど、彼とは顔を合わさなかった。ただ、高級マンションではないので、毎朝八時きっかりに鳴る高村くんの目覚まし時計の音もかすかに聞こえ、耳を澄ましていれば、彼が洗面所で使う水の音など身支度をする様子さえ伝わってきたし、夜、春の陽気に窓を開けていると、広島カープのファンらしい彼が野球中継を見ながら、「ア〜」とか、「オ〜」とか、思わず上げてしまうらしい微笑《ほほえ》ましい声が、読書している私の耳にもはっきりと聞こえた。

今になって思えば、きっと私はそんな彼の生活音に、気を許し始めていたのだと思う。毎朝八時きっかりに鳴る目覚ましの音、広島カープを応援する声、そんな音や声が、知らず知らずのうち、私に彼が悪い人間ではないと思い込ませていったのだと思う。

その日、私は午前中は授業を受け、午後は証券会社のOB訪問をこなして、夕方からバイトしている塾で、二コマの授業を受け持っていた。正直、十一時過ぎにアパートに戻ってきたときには、シャワーも浴びずに眠りたいほど疲れていた。ただ、疲れというのは不思議なもので、度を越してしまうと妙に目が冴《さ》えてしまうらしく、結局シャワーを浴びてベッドに入っても、からだが火照《ほて》ってなかなか眠りにつけなかった。ついこのあいだまで一緒に暮らしていた彼が、最近付き合い始めたという一学年下の女と、ばったり会ってしまった学食の光景、ほとんどセクハラまがいの誘いをかけてきた証券会社の先輩、まだ中学生だと言うのに、私の化粧の仕方について意見してきた塾の生徒たちなど、目を閉じれば、それらの光景や声が苦々しく思い出された。

何十回となく寝返りを繰り返しているうちに、気がつけば深夜二時を過ぎていた。今年初めてのエアコンをつけようかと思うほど蒸し暑い夜で、ベッドから手を伸ばしてサッシ窓を開けると、隣の部屋から高村くんが見ているらしいテレビの音がかすかに聞こえた。

くよくよ考えずに寝てしまおう。

そう決心して大きく窓のほうへ寝返りを打った。その瞬間、隣から聞こえていたテレビの音が消える。

高村くんも、寝るんだ……。

ふと声に出して言ってみた。一度しか会ったことのない隣人だったが、「おやすみ」と壁の向こうから聞こえてきたような気がした。

隣室の玄関口で物音がしたのはそれから数分後の事だった。夜食を買いにコンビニにでも行くのか、ドアが開く音がして、高村くんが外に出る足音がかすかに聞こえる。

私は玄関のほうに背中を向けていた。窓の外に白い月があった。

ドアノブが回される音がしたのはそのときだった。さっき聞こえた隣室のものではなく、音はすぐそこから聞こえた。すぐに振り返ろうとした。ただ、その瞬間、すっと室内の何かが動いた。

動いたのは、部屋の中でじっとしていた空気だった。ドアが開けられたらしかった。

半開きにしてあったカーテンが、ふわっと膨らんで私の頬を撫でた。

開けられたドアの向こうに、彼が立っている気配を背中で感じた。ドアノブに手を置いて、じっとこちらを見つめている彼の目が、見えないのにはっきりと見えた。もちろん悲鳴を上げようとした。でも、声が喉《のど》に詰まって出てこなかった。見えないのにはっきりと見える彼の顔が、とても心細そうだった。

あまりにも疲れていて、鍵をかけ忘れたのだと思った。毛布から、肩が出ていると思った。早く振り返って、悲鳴を上げないと、とんでもないことになるのは分かっていた。早く、早く、と焦《あせ》っているのに、肝心のからだが動かなかった。

膨らんでいたカーテンが、すっと萎《しぼ》んだのはそのときだった。同時に額の髪を揺らしていた風がやみ、背中にカタッとドアの閉まる音がする。

五秒ほど何も聞こえなかった。高村くんがドアの外にいるのか、内にいるのか分からなかった。私は目を閉じた。目を閉じれば、それが分かるような気がした。

聞こえてきたのは、ゆっくりと床を踏む音だった。一歩、一歩、背中に近寄ってくる足音だった。閉じた目を開けることができなかった。開けようとすればするほど、私は必死に目を閉じていた。

すぐそこで高村くんの荒い息づかいがした。

「やめて！」

心では叫んでいるのに、声にならない。

毛布から出ていた肩に、まるで紙がふわりと落ちてきたように、高村くんの手が置かれた。とても熱く、とても湿った手のひらだった。最初、自分の肩が震えているのかと思った。しかし、震えていたのは、彼の熱く湿った手のひらだった。彼の手が震えているのを知った瞬間、急にからだから力が抜けた。まったく状況は変わっていないのに、まるで自分が彼の部屋に忍び込んできたような、そんな先制的な気になれた。

肩に置かれていた手は、ゆっくりと肘《ひじ》のほうへ移動した。暗闇《くらやみ》に自分の輪郭を描かれているようだった。

いつでも「やめて」と言える自信があった。そして言えば、きっと彼がやめてくれるという確信も不思議とあった。

彼の手は毛布の上から私のからだを撫《な》でた。自分のからだがとても小さく感じられた。ゆっくりと撫でられると、自分の腰の凹《くぼ》みが果てしなく深かった。そして腰骨は果てしなく高かった。

太ももまで降りた手のひらの感触が、ふっと音もなく消えた。暗闇に息づかいだけが残った。

私はゆっくりと寝返りを打った。そしてまっすぐに天井を見つめた。視界の隅にしやがみ込んでいる高村くんが見えた。さっきまで私のからだを撫でていた白い手のひらが、まるで忘れられたように宙に浮いていた。

「やめて」

私は天井に向かって言った。呟くような声だったが、震えてはいなかった。

高村くんの手がおずおずと私の髪に触れる。額に置かれた指が、すっと流れて耳に触れる。

「……やめて」

私はもう一度、ゆっくりと伝えた。耳元にゴクッと唾《つば》を呑《の》む音がした。

「ここの何階に住んでたの？」

目の前に建つ古びたビルを見上げる娘に訊かれ、「ここの四階。ほら、あの窓」と私は答えた。

「どっち？」

「右側。ほら、横にベランダの手すりがあるでしょ？　あれは大家さんのベランダで、お母さんの部屋はその隣」

「誰か住んでるみたいだね」

「そうね。あの干してある靴下見ると、男の子じゃないかな」

窓は閉められていたが、外に二足の青い靴下が干してあった。外観は記憶よりもきっちり十五年分古びているように見える。

今年中学に上がる娘が、「ねぇ、お母さんが暮らしてたアパートが見たい」と、とつぜん言い出したのは先週のことだった。どういう話の流れだったか、私と夫とのなれそめの話になった。

「お母さんたち、大学で知り合ってすぐに一緒にアパートで暮らし始めたのよ。半年だけ別れてた時期があって別々に暮らしてたんだけど、すぐに仲直りしてまた一緒に暮らし始めて、このマンションを買う前に三回くらい引っ越したかな」

「ねぇ、そのアパートまだあるかな？」

「どうだろうねぇ、もう建て替えられてるんじゃないかな」

「ねぇ、今度の休みに見に行ってみない？」

「え？　アパートを？」

「そう。私、お母さんがどんなところに住んでたのかちょっと興味ある」

「見に行くって、全部？」

「全部じゃなくていいよ」

「じゃあ、どれ？　お父さんと最初に暮らしたアパート？」

「う〜ん、じゃなくて、半年だけ別れてたときにお母さんが一人で暮らしてたアパート」

「だって十条だよ、埼京線の。ここからだと一時間はかかるよ」

娘には面倒くさそうなふりをしてみせたが、不思議と自分も行きたがっているのが分かった。両親が暮らしていたアパートではなく、母が一人で暮らしていた部屋を見たがる娘を少し誇らしく思ったからかもしれない。

あの夜以来、高村くんとは一度も顔を合わせなかった。もちろん部屋に忍び込んでくることもなかった。今、思えば、よく平気でそれから三ヶ月も隣の部屋に住んでいられたなと、自分で自分に呆《あき》れてしまうが、妙に度胸がついていたというか、ときどき聞こえてくる彼の生活音から離れて、本当に一人になってしまうことを思うと、どうしてもそこから立ち去ることができなかったのかもしれない。

隣の部屋に彼がいることを、恐ろしく感じなかったと言えば嘘《うそ》になる。ただ、彼の生活音から離れてしまうことが、当時の私にはもっと恐ろしかったのだと思う。

実際、あの夜の出来事に対して、肌で恐怖を感じたのは、半年間別れていた彼から「よりをもどしたい」と泣きながら電話があった夜だった。

「今、お前のアパートの前にいる」

彼にそう言われ、私は部屋を飛び出した。彼は電話ボックスの中で涙を拭《ふ》いていた。泣くぐらいなら、こんな寂しい思いさせないでよと思ったが、彼にそう言えるほど、彼を嫌いになれていなかった。

とつぜんからだが震え出したのは、目を真っ赤にした彼に抱きしめられたときだった。我慢していたわけでもないのに、あの夜の出来事が急に恐ろしく感じられた。彼は私が泣いているのだと勘違いして、もっと強く抱きしめてくれた。ただ、いくら強く抱かれても、とつぜん蘇《よみがえ》った恐怖が消えることはなかった。

彼のアパートへまた引っ越すとき、「転居先は絶対に誰にも言わないで下さい」と大家さんにお願いした。

「何かあったの？」と訊かれたが、「とにかくお願いします」と理由は告げなかった。

引っ越し当日、最後の荷物を運び出すと、私は壁に耳を当てて隣の様子を窺《うかが》った。水道の音も、テレビの音も、足音も聞こえなかった。まるで最初から誰もそこに住んでいなかったように、壁の向こうはシンと静まり返っていた。

「ねぇ、駅前におそば屋さんあったよね？　食べてかない？」

十五年分古びてしまったビルを見上げていると、娘が声をかけてきた。ここへ引っ越してきたときに満開だった通りの桜はすでに散り、歩道の隅に汚れた花びらが掃き集められている。

「え？　おそば屋さんって、もういいわけ？」

呆れてそう訊くと、「だって、部屋の中まで見られるわけじゃないでしょ？」と、すでに歩き出している。

「ちょっと、せっかくここまで連れてきたんだから、感想くらい言いなさいよ」

私は歩き出した娘の背中に声をかけた。

「感想？　……そうねぇ、普通」

振り返りもせず娘が答える。

遠ざかる娘の背中から、私はもう一度アパートの窓に視線を戻した。普通。つまらなそうに答えた娘の声が、十五年分古びてしまった建物の様子に重なる。

乳　歯

車を降りると、寒さで鼻がつんとした。飛び降りた地面で、踵《かかと》が霜を踏む。

「おつかれさまっしたー」

言い終える間もなく、鼻先でスライド式のドアがバタンと閉められる。疲れた男たちを乗せたワゴン車が、冷たい土埃《つちぼこり》を上げて去っていく。現場作業帰りのワゴン車は、何人の人夫を乗せていようと、無人に見える。

降ろされた場所から団地まで、未舗装の路地が伸びている。しょぼい電灯から落ちた光が、赤土に自分の影を伸ばしている。結局、一日中ついたままだったらしい寝癖が、影の形でもまだ見てとれる。

歩き出そうとすると、電柱の陰で何かがごそっと動く。寒風が襟口から入り込み、思わずゾクッと身体《からだ》が震えた。

「なんだよ、小便犬かよ」と、巧也《こうや》はひとりごちた。

電柱の裏から出てきたのは米田のババアの飼犬で、毎日何を食わせているのか、そこら中に真っ黄色な小便を垂れる。土の上ならまだいいが、玄関先のコンクリートに垂らされると、この小便、固まってんじゃねえか、と思うほどドロドロしている。近くにババアの姿もないし、石でも投げつけてやろうかと身を屈《かが》めると、涎《よだれ》を垂らして吠《ほ》え立てる。

ガウ、ガウ、ガウ。ガウガウ。

馬鹿じゃねえの。

たるんだ腹を蹴《け》り上げる真似《まね》をした。飛び退《の》こうとした犬の喉《のど》に、赤い首輪がグッと食い込む。おまけにチェーンに前足をからませて、ますます首輪が筋の出た喉に埋まっていく。真っ赤な舌を吐き出すように、小便犬が喘《あえ》ぐ。喘いだ口から、濃く白い息を吐く。

グフッ。グフグフ。

見れば、電柱に繋《つな》がれていた。

なんだよ、結局、米田のババア、五千円で手打ったんじゃねえか。

まだグフグフ喘いでいる犬を置いて、少し先まで歩いてみると、いつもは輪郭もはっきりしない平屋の団地が、強い照明に青く浮かび上がっている。

映画の撮影が始まったのは、今朝の六時前からだった。バタバタと歩き回る足音で目が覚めた。隣に暮らす米田のババアの鼾《いびき》でさえ聞こえるくらいの壁なのだから、まるで枕元《まくらもと》を歩かれているみたいにうるさい。一晩中つけっぱなしだった暖房で、首に絡《から》んだ里佳子の腕がぬるぬるしていた。

誰かが歩いてくるたびに、隣の小便犬が吠え立てる。

「うちの犬が邪魔なら、よそでやんなよ!」

朝っぱらから怒鳴るババアが、小便犬の声よりうるさい。

うっるせえな。

いつの間にか取られていた枕を里佳子の頭の下から引き抜いた。後頭部がゴツンと畳に落ちたのに、里佳子は一度唸《うな》っただけで目も覚まさない。汗臭い枕に顔を埋めようと寝返りを打つと、足元の毛布にちょこんと座った流星が、きょとんとした顔でこっちを見ている。

「寝てろよ」

脚で布団を蹴り上げた。布団が起こした小さな風で、流星の前髪がふわっと揺れる。

「歯、取れた」

「歯?」

流星が口の中に指を突っ込んで、上あごをグリグリと押す。また外で米田のババアが怒鳴り、すっかり目が覚めてしまう。

撮影中だけ、五千円で犬をよそに預けてくれないかという提案に、米田のババアが、「金の問題じゃないんだよ」と怒鳴り返していた。

起き上がった布団の上にあぐらをかくと、流星がおずおずと突き出した手のひらを広げる。小さな手のひらに腐った虫歯が一本あって、根元にどろっとした血がついている。

「なんだよ、それ。汚ねえな」

「……歯」

「すぐまた生えてくるよ」

安心したのか、流星はぽかんと口を開けて虫歯を見ている。巧也はブリーフの中で朝勃《あさだ》ちした性器の位置を変えた。

便所に立って、小窓から外を見ると、男たちが機材を運び込んでいた。でかい銀色のパネルが小窓の前を通るとき、そこに朝日が反射して、一瞬、便所の中が明るくなる。汚れたタイルに、里佳子の生理用品が一つ落ちている。

団地の敷地に近づくと、人垣ができていた。ワゴン車を降りて、まだ数十メートルしか歩いていないのに、水風呂《みずぶろ》にでも浸《つ》かったように身体が冷える。数日着続けている長袖《ながそで》の肌着、トレーナー、セーター、その上に厚いドカジャンまで重ねているが、冷気がその一枚一枚を剝《は》がすように染《し》みてくる。ちょうど里佳子がミルフィーユという菓子を大事そうに食うときみたいに。

撮影用のライトに照らされた路地は、昼間よりも明るかった。人垣から少し離れて、首を伸ばすと、明るい場所には誰もおらず、機材の積まれた薄暗い一角で、お揃《そろ》いの防寒具を着たスタッフが身を寄せ合い、何やらゲラゲラと笑い合っている。ふと背後で足音がして振り返った。

背広姿の若い男に肩を抱かれるようにして、すらっとした女が歩いてくる。俯《うつむ》いた顔には表情がない。肩にスタッフとお揃いの防寒具を羽織っているが、中は薄手のワンピース一枚で、白い胸元が寒さで赤くなっている。

「ちょっと、すいません」

男に声をかけられて、少しだけ道を譲った。

男の声に振り向いた野次馬の一人が、「あ、ほら。あの人……」と、聞いたことのある女優の名前を口にする。慌《あわ》てて女の横顔を見ようとしたが、男の肩が邪魔してもう見えない。

低い歓声を掻《か》き分けるように、女優はスタッフたちの元へ向かった。しゃがみ込んでいた男たちが、「よろしくお願いします」と立ち上がる。

中退した高校で同じクラスだった女が、数年後、深夜のテレビに出ていた。高校のころはひどい乱杭歯《らんぐいば》だったくせに、いつの間にか小粒な白い歯を並べていた。番組は流行のスポットを紹介するもので、気がつけば、毎週その時間になると、テレビ画面に向かってせんずりするようになっていた。シャレたレストランや甘そうな菓子を紹介する女の顔に、飛んだ精液がかかると気が晴れた。

女優の姿を目で追いながら、昔のことを思い出していると、すぐそこから嫌な視線を感じた。立っていたのは米田のババアで、目が合うなり、身震いするように顔を背けて、横にいる本郷とかいうジジイに腕を絡める。このジジイが米田のババアの股《また》ぐらに顔を突っ込んでいるのかと思うだけで反吐《へど》が出る。

「犬猫じゃあるまいし、朝昼おかまいなしに、よくやるよ」と、こちらのセックスには口を挟んでくるくせに、この本郷というジジイを引っ掛けてから、米田のババアの家からは入れ歯が鳴る音まで聞こえてくる。

一度、あまりにもうるさかったので、里佳子が窓越しに、「うっせーんだよ、ババア！」と怒鳴りつけた。すぐに向こうの窓が開き、ババアは、「あんたんとこ、母子家庭じゃないじゃない！　税金ドロボーが！」と怒鳴り返してきた。すぐに、「てめーだって、働けんだろうが！」と里佳子は言い返したが、窓がガシャンと閉められただけだった。

撮影はなかなか始まらない。空腹もあって、寒さで奥歯がガタガタと鳴る。スタッフに囲まれた女優の姿も遠くて見えない。人垣の手前を左に折れて、家へ向かった。照明の当たっていないいつもの通りは、足元もおぼつかないほど暗い。立て付けの悪いドアを開けると、中からムッとする熱気が流れ出てくる。冷えきった顔や首筋に、とつぜんの熱気は痛い。

「おっせーよ。もう遅刻だよ」

ドアを開けたとたん、布団の上で化粧をしている里佳子が悪態をついてくる。脱ぎ散らかされた靴を踏んで玄関に上がり、「腹減った。メシは？」と訊《き》いた。里佳子が顎《あご》をしゃくった先で、流星が弁当を食っている。もういつ洗ったかも分からない下着の積まれたテーブルに、いつもの弁当屋のビニール袋が置いてある。

「何弁？」

「ボリューム」

化粧道具をパタパタと片付けた里佳子が立ち上がり、吸いかけの煙草《たばこ》をテーブルの灰皿から取って口にくわえる。

「今日、遅いかんね」

「なんで？」

流星を押しのけて、固く結ばれたビニール袋を開けた。いつ買ったのか、すっかり冷たくなっている。

「だから、青木さんたちとアフター出るって」

「どうせ、そこのカラオケだろ？」

「違うよ、六本木まで行くんだよ」

「六本木？」

「電車で行くから、帰りは始発だかんね」

里佳子が最近買ったばかりのブーツを布団の上で履く。

青木というのは都内の設計事務所で働いている三十になる男で、最近、里佳子のスナックによく飲みにくる。ついこの間まで都内のマンションに一人住まいだったらしいが、駅の反対側で一人暮らしをしていた母親が怪我《けが》をして、以来、片道一時間半もかかるこんな場所から、都心の会社に通っているらしい。

里佳子はこの青木が自分に惚《ほ》れていると言う。流星はもちろん、巧也と同棲《どうせい》していることも伝えていないと言うので、「なんで言わねえんだよ」と訊くと、一瞬、ぽかんとした顔をして、「馬鹿《ばか》じゃねえの」と首を捻《ひね》った。

あれはひと月ばかり前だったか、今の仕事を始める前で毎日プラプラしているときに、この青木の実家を探しに行ったことがある。青木の実家を探すつもりで出かけたわけではないのだが、冬晴れの気持ちのいい日で、つい駅の反対側まで歩いていたのだ。

里佳子の言う通り、でかい家だった。すでに死んでいる青木の父親が歯科医院をやっていたらしく、広い敷地に教会のような白い尖《とが》り屋根の病院と、その奥に立派な門構えの日本家屋が建っていた。病院はすでに閉鎖され、入口には板が打ち付けられている。通りの低い垣根越しに、黒光りした縁側が見えた。ガラス戸が立てられ、奥に薄暗い仏間があった。見ていると、割りたくなるほどよく磨かれたガラス戸だった。ガラス戸を割り、縁側をそろりそろり歩く自分の姿が浮かび、足の裏までひんやりしてきた。

こんな家で育ったら、どんな人間になるんだろうと考えていた。しばらく真剣に考えてみたが、結局、はっきりとしたイメージは浮かばなかった。

どこか晴れやかな表情で里佳子が出かけていくと、流星がテレビを見たいと言い出した。理由はなかったが、駄目だと答え、「先に弁当食えよ」と叱《しか》った。流星はうまく箸《はし》が使えないので、いつも子供用のフォークで弁当を食う。このフォークを里佳子が洗わないので、いつも固くなった米粒の欠片《かけら》がついている。

弁当一個では空腹が満たされなかった。布団と布団の間に里佳子が食い散らかした塩クッキーがあり、それをつまみながらごろんと横になったとたん、自分でも気づかぬうちに眠りに落ちていた。

目を覚ましたのは十時ごろで、歯の間につまったクッキーが気持ち悪かった。畳に置いたテレビが音を消したままつけっぱなしになっていた。その前で流星が身体《からだ》を丸めて眠りこけている。夢の中で何度も携帯が鳴っていたような気がしたので、作業ズボンのポケットから取り出した。いつの間にか六件の着信があり、すべて太志《ふとし》さんからだった。

眠い目をこすりながら電話をかけると、「なんだよ、巧也かよ～。電話に出ねえから、俺、切られちゃったかと思ったじゃねえかよ～」と笑うので、「まさか～、爆睡っすよ。最近、また仕事始めたんで」と、巧也も「デヘヘ」と笑った。

「仕事？　じゃあ、金、持ってんだろ」

「日払いじゃないから、持ってないっすよ」

「出てこいよ」

「え？　今からっすか？　明日も仕事……」

「ならいいよ」

「いや、そんなんじゃないっすけど。今、どこっすか？」

「今、ノボルさんち。ちょうどこれからノボルさんの車で出かけんだよ」

これから太志は、週末になるとナンパ待ちの若い女の子たちが集まる駅に向かうという。一緒にいるのがノボルさんだけなのか、一瞬、尋ねようかと思ったが、尋ねればこちらの負けを認めるようで訊けなかった。

　中学からの先輩である太志が、最近、妙な遊びを面白がって、巧也は困っている。太志が去年まで勤めていた携帯の販売会社の後輩で、工藤正光《クドウマサミツ》というバカがいるのだが、このバカと巧也を本気で殴り合わせて喜ぶのだ。始まりは車の中だった。後部座席に座っていた巧也と正光の間で些細《ささい》な言い争いが起き、それを面白がった太志が、

「互いに一発ずつ殴り合って仲直りしろよ」と言ったのだ。

最初に殴れと言われたのは巧也だった。「いやっすよ」と断ったのだが、太志の目がやらなければ終わらないぞと言っているようで、仕方なく狭い後部座席で正光を殴った。さほど力を入れたわけでもないのだが、当たり具合が悪く、どっと鼻血が噴き出した。ボタボタと垂れる鼻血に、正光はおろおろするし、太志はシートが汚れると半狂乱になった。あとで気づいたことだが、こっちの拳《こぶし》も正光の歯で切れていた。ほっといたのが悪かったのか、正光の歯が腐っていたのか、数日するとひどく膿《う》んで、なかなか傷口が塞《ふさ》がらなかった。この前の夏、みんなで海へ行ったときも、沖でボートから正光と二人落とされた。海中で摑《つか》み合い、勝ったほうだけボートに戻してくれるというので、髪を摑み合って戦った。そんな二人を太志たちはボートの上でゲラゲラ笑いながら見物していた。

巧也はあまり泳ぎが得意じゃなかった。正直、正光に頭を押さえられ、海水を吞《の》み込んだときにはここで死ぬかもしれないと思った。

出かけようとドカジャンを羽織り、足でテレビを消そうとすると、流星の手が大事そうにティッシュを握っているのが見えた。無理やり指をこじ開けて、中身を見ると、今朝、抜けたらしい乳歯が包まれていた。今朝と違って、すでに歯は乾いており、血《けつ》痕《こん》のある根元にティッシュがこびりついている。

巧也はティッシュごと畳に投げ捨てた。流星の涎《よだれ》の臭いが、自分の手のひらに移ったようだった。

暖房だけ消して、家を出た。流星だけ残して外出するのはいつものことだが、ついこの間、別棟の部屋で小火《ぼや》があってから、暖房だけは消す癖がついている。

玄関先に停めてあるスクーターを押して行くと、多少、野次馬は減っていたものの、まだ撮影は続いていた。ただ、タイミングが悪いのか、撮影とはこういうものなのか、やはり今もライトを浴びた場所には誰も立っておらず、スタッフだけが忙しくその周りを駆けずり回っている。

米田のババアと男の姿はすでになかった。代わりに、ときどき流星に菓子をくれる大久保のばあさんが立っており、「あら、こんばんは」と声をかけてくる。

この大久保のばあさんは愛嬌《あいきょう》があっていい。こういう人を品があるというのかもしれないと、巧也は思っている。市の清掃車もときどき回収を忘れていくようなこの団地は、米田のババアにはお似合いだが、この大久保のばあさんにはもっと別の場所……、たとえばそう、青木の実家みたいな家が似合う。

里佳子の話では、元々、大久保のばあさんはいいとこの奥さんだったらしい。ただ、子供たちを育て上げ、五十も過ぎたころになって男を作った。すぐに旦那《だんな》にバレて家を追い出され、しばらくその男と暮らしたらしいが、結局、男は自分の家庭に戻ったという。すでに結婚している息子が二人いるらしいが、ばあさんに会いに来たことはない。一度、ばあさんの家に流星を迎えに行ったとき、息子たちから送り返されたらしいセーターをもらったことがある。ダサいセーターだったが、突き返すのも悪くてもらっておいた。

「これから、おでかけ？」

「はあ」

「さっき、里佳子さんも出かけてったみたいだけど、流ちゃんだけ、お留守番？」

「すぐ帰ってくるんで」

「そう」

米田のババアなら、こんなとき、育児放棄だとか虐待《ぎゃくたい》だとか騒ぎ出す。でも大久保のばあさんは「お留守番」としか言わない。だからかもしれないが、なぜかこのばあさんには流星を可愛《かわい》がっていると思われたい。

流星の親父というのは、里佳子の高校の先輩で、現在、トラック運転手をしているらしい。流星の妊娠中に、男の浮気が原因で離婚しているから、流星は親父《おやじ》と数回しか会ったことがない。一度、「ほんとの親父に会いたいか？」と訊いたことがあるが、流星はきょとんとしていた。横にいた里佳子が、「あんな男に会わせるわけねえじゃん」と、機嫌を悪くし、流星も慌てて、「会いたくない」と首を振った。

実際、碌《ろく》な男じゃなかったらしい。付き合っているころ、里佳子の全裸写真をネットで売ったこともあるという。

「あいつの母親が最悪なんだよ。妊娠したんで、あたしが挨拶《あいさつ》に行ったときなんか、自分の息子が騙《だま》されたみたいにピーピー泣きやがって。息子の人生が台無しだとか、普通なら男に黙って堕《お》ろすべきだとか。マジ、最悪。人間の屑《くず》」

流星が産まれたとき、その母親は引き取ろうとしたらしい。里佳子は意地でも自分が育てると渡さなかった。

「あんな女に育てられたら、地獄だよ」

未《いま》だに里佳子は、自分の決断に誇りを持っている。ただ、勤めているスナックで嫌なことがあるたびに、「流星がいなけりゃ、私だって東京で働けるんだよ」と愚痴をこぼす。

太志たちと待ち合わせしたコンビニまでスクーターで走った。吹きつける寒風で縮み上がった金玉は痛むし、耳は千切れそうだった。

時間通りに着いたのに、太志たちの車はすでに出発したあとで、残された正光が一人雑誌を立ち読みしていた。

外からガラスを叩《たた》くと、エロ本を読んでいた正光がニタッと笑い、雑誌を棚に戻して店を出てくる。ぶかぶかの上下ジャージに裸足《はだし》でいるところを見ると、太志たちが直接、正光の家に連れ出しに行ったらしい。

「太志さんたちは？」と巧也は訊いた。

田園にぽつんと建てられたコンビニの駐車場は、風が集まるのか、木の葉が小さな渦を巻いている。

「先に行った」

「先に行ったって、お前、どうすんだよ？」

「乗せてけよ」

「これに？」

「だって俺、財布持ってきてねえもん」

「マジかよ。メットないし」

「駅の手前で降りればいいじゃん」

正光がさっさとスクーターの後部に跨《また》がる。寒さで顎の骨が嚙《か》み合っていないようだった。相変わらず耳には感覚がなく、手袋をしていても指先が痛い。

「あ、そだ。俺、なんか温かいの買ってくる。寒過ぎて吐きそうだって」と巧也は言った。

「じゃ、俺も。俺も温かい珈琲《コーヒー》」

公衆電話のブースを風よけにして、買ってきた肉まんを珈琲で流し込んだ。横で同じようにかぶりついている正光の肉まんから濃い湯気が立っている。腹の中が温かくなってくる。

「太志さんたち、また朝までだろうな？」と巧也は訊いた。

ちらっと巧也の顔を窺《うかが》った正光が、「寒いし、あんま行きたくねえな」と、聞こえるか聞こえないかくらいの声で言う。

「あのノボルさんって、結局、太志さんが世話になってる組に入るんだろ」

聞こえなかったふりをしてそう言うと、「組って言っても、ほんもんじゃねえんだろ」と正光が応《こた》える。

缶珈琲を握りしめた手の甲に、以前、正光を殴ったときの傷が残っていた。「ほら」と正光の顔に突き出すと、逆に、「ほら」と、口を開いた正光が、欠けた前歯を見せる。

「今、里佳子に惚れてる男がいてさ」と巧也は話を変えた。

「店の客?」と正光も話についてくる。

「そう。そいつの実家がすげえでかい家なんだよ。駅の向こうにある元歯医者でさ」

「歯医者? 青木じゃね?」

「そう。なんで知ってんだよ」

「ガキのころ、いつもあそこだよ。悪徳のヤブ医者で、すぐ抜くんだよ。で、保険の点数稼いでるって、いつもうちのババアが騒いでた」

「一千万くらい現金あるかな」

「は?」

「いや、だから、あれくらいの家だったら、現金で一千万くらい貯《た》め込んでんじゃね?」

「うわー、巧也、お前、マジやべー」

かなり長い沈黙のあと、正光がこの沈黙に怯《おび》えたように笑い出す。店から出てきたカップルが身体を寄せ合って車へ駆け寄る。男がドアを開けた瞬間に、室内灯で車内が浮かび上がる。

気がつけば、正光もその様子を目で追っていた。二人が乗り込み、ドアが閉まった。浮かび上がっていた室内が、またパチンと闇《やみ》に戻る。

「なぁ、もしさ」

駐車場から走り出す車を見つめたまま、正光が口を開く。

「……もし、誰かが一千万やるから、太志さん殴り殺せって言ったら、お前、やる？」

「は？」

一瞬、意味が分からず訊《き》き返した。「いや、もしもの話だよ」と慌《あわ》てて正光が念を押す。駐車場を出た車が、ライトに照らされた青い街道を走り去っていく。テールランプの赤い残像がどこまでも伸びていく。

「一千万やるからじゃなくて……、今、手元に一千万あったら、やるよ」

ふと出てきた言葉だったが、ここ数年ずっと胸の奥底に沈んでいる何かに、触れたような答えだった。

いつまでもぐずぐずしていたせいで、両手で握りしめていた缶もすっかり冷たくなっていた。互いに互いの言葉に期待しているのは分かっていた。

巧也は空き缶をフェンスの向こうの藪《やぶ》に投げた。と同時に、正光が諦《あきら》めたように、

「そろそろ、行くか」と呟《つぶや》いた。

フェンスを軽々と越えた空き缶は、真っ暗な藪を小さく揺らしただけだった。闇に呑み込まれた空き缶は、もうカタンと音を立てることもない。


翌朝、誰かが叩くドアの音で目が覚めた。ぼんやりとした視界に壁時計があり、すでに九時を回っている。仕事のワゴン車が街道まで迎えに来てくれるのが六時。目覚ましはかけていたのに、鳴ったのはおろか、消したのさえ覚えていない。昨夜、スクーターで帰宅したのは、夜中の二時過ぎだった。ノボルの車のクラッチの調子がおかしくなり、昨夜は誰も拾わずに駅を離れた。後部座席で、正光はコンビニの軒先で話したことには触れなかった。太志がうなじに彫るらしい刺青《いれずみ》の柄について、何時間も同じ話を二人で黙って聞いていた。

また眠りに落ちようとする意識の中で、この数日分の給料は里佳子に取りに行かせようと考えていた。

そのとき、また誰かドアをノックした。音から逃れるように、布団を被《かぶ》ろうとしたその瞬間、業者の誰かが迎えに来たんじゃないかと、一気に目が覚めた。

「誰だよ?」

痰《たん》の絡《から》んだ声で返事をすると、「あら、よかった。いたの？」と、嬉《うれ》しそうな大久保のばあさんの声がする。

「なんすか？」

相手が大久保のばあさんだと分かり、少しほっとしてそう訊いた。

「ちょっと開けてくれないかしらね。流ちゃんもいるんでしょ？」

薄いドアの向こうに立っているのが、大久保のばあさんだけじゃないような気配がする。足元を見ると、テレビの前で流星が食パンを齧《かじ》っている。

「ああ、もう、なんすか」

面倒になり、布団を蹴《け》って起き上がった。いつ戻ったのか、横で里佳子が小さな鼾《いびき》をかいている。里佳子の顔を跨いで玄関に行き、「なんすか？」と怒鳴りつけるようにドアを開けた。

とつぜん開いたドアの向こうで、大久保のばあさんと二人の男が同時に背後に飛び退《の》いた。

「ああ、びっくりした〜」

呑気《のんき》なばあさんの声と共に、身震いするような寒風が流れ込んでくる。泥酔しているらしい里佳子は流れ込んだ冷気にも目を覚まさない。

「ごめんね。朝早くから」

口を開いたばあさんの背後で、無精髭《ぶしょうひげ》の中年男が二人、深々と頭を下げる。

「なんすか。まだ寝てんだよ」

ばあさんではなく、低姿勢な背後の男を睨《にら》むように繰り返した。帽子を取り、先に口を開いたのは太ったほうの男だった。図体のわりに甲高い声で、何やら一気に喋《しゃべ》り出す。喋りながら、すぐそこで鼾をかいている里佳子の寝顔を見るものだから、その都度、身体を動かして視線を遮《さえぎ》った。

まだ寝ぼけていたせいもあり、男の話は半分ほど意味不明だったが、簡単に言えば、そこでやっている撮影で、今朝出演する予定だった子役がとつぜん熱を出し、代役を見つける時間もない。困っていると、三歳くらいの男の子なら、この団地にもいるという話になった。そこで急な依頼で申し訳ないのだが、流星に代役をお願いできないかという。

「流星に？」

思わず声を上げた。それでも熟睡中の里佳子は目を覚まさない。自分の名前が何度も出るので、テレビの前で流星が険しい顔でこちらを見ている。

無精髭の男たちは、監督が超一流であること、作品が親と子の絆《きずな》を扱った文芸大作であること、流星に難しい演技をさせるわけではないこと、そしてうまくいけば、撮影自体は一時間もあれば済むことなど、こちらの耳が痛くなるほど早口で捲《まく》し立てる。すぐにでも布団に戻りたかったこともあり、すでに心は決まっていたので、男たちが話し終えたとたん、断ろうとしたのだが、その瞬間、男たちの背後で、皺《しわ》くちゃの首を伸ばして様子を窺っている米田のババアの姿が見えた。馬鹿にしたような目で、家の中まで覗《のぞ》き込んでくる。

迷っていると思ったのか、「あの、少なくて恐縮なんですが、もし御協力願えれば、三万円ほどお支払いさせていただければ」と、男が付け加える。

「三万？」

「こんな機会、滅多にないじゃない。流ちゃんにもいい思い出になるわよ」

大久保のばあさんがドアノブを握った巧也の手をポンと叩く。

色の薄いサングラスをかけた初老の監督は、流星を一目で気に入った。もっと嫌がるかと思ったが、流星も外へ連れ出すと、大勢のスタッフに囲まれても物怖《ものお》じすることもなかった。

逆に巧也のほうがカチンコチンだった。すぐそこに例の女優が笑みを浮かべて座っているし、近所の野次馬たちとはいえ、全員の視線が真っ直ぐに自分たちに向けられている。

衣装係らしい若い女に、監督はてきぱきと指示を出した。

「洋服はこのまま、髪もこのまま、靴下だけ脱がせて」

監督の指示で若い衣装係がきびきびと動く。代役が見つかったことで安堵《あんど》したのか、散らばって準備を整えるスタッフたちの間からも、ときどき笑い声がする。

ずっと流星の頭を撫《な》でながら、名前を聞いたり、年齢を聞いたりしていた監督が、とつぜん視線を巧也に向けて、「お若いお父さんですね」と笑いかけてくる。一瞬、言葉に詰まったが、ロープの向こうに立つ大久保のばあさんが、一度大きく頷《うなず》いてくれるのが見え、「あ、はあ」と、どうにか頷いた。

「えっと、簡単なシーンなんです。簡単なんですが、重要でして……」

なぜ監督が自分に説明を始めるのか分からない。逃げるわけにもいかず、巧也はじっとしているしかない。

「……最近、問題になっている児童虐待《ぎゃくたい》に関するシーンなんです。もちろん、暴力シーンではありませんから」

そう言って、白い顎鬚《あごひげ》を生やした監督がケタケタと笑う。

「えっと、シーンの説明としては、彼女が演じる児童相談所の職員が、問題のある家庭を訪問するんですね。ただ、両親は職員に自分の息子と面会させることを拒んでまして、諦めて職員が帰ろうとしたとき、窓から抜け出した子供が追いかけてくるというシーンでして」

説明の途中から、職員を演じる例の女優から目が離せなくなっていた。流星の前にしゃがみ込んだ彼女が、もう三日も風呂に入れていない流星の頬に自分の頬をこすりつけて、「冷たいね〜」などとあやしているのだ。

「……そういうシーンなんですが、問題ありませんでしょうか？　小さい世界しか知らない子供が、勇気を出して大きな世界を見ようとする大事なシーンです」

ふと我に返って監督を見ると、心配そうに眉間《みけん》に皺を寄せている。

「あ、ああ。別に」と、巧也は頷いた。

撮影の準備が整う間に、巧也は走って里佳子を起こしにいった。里佳子はまだ鼾をかいており、乱暴に肩を揺すって起こすと、昨夜、帰宅してから吐いたのか、ひどい口臭が鼻をついた。それでもかまわず、「流星が映画に出るぞ！」と揺り起こした。まだ半分酔っているのか、里佳子は目をとろんとさせたまま、「……馬鹿じゃねえの」

と呟いて、また目を閉じてしまった。

出るのは自分じゃなく、流星だと分かっているのだが、例の女優に「お父さん」と声をかけられたこともあり、踏みつける湿ったいつもの布団まで柔らかく感じる。里佳子を起こしに来たのだが、里佳子が起きないとなると、ここにいても仕方がない。撮影はすぐに始まると、監督は言った。これ以上、時間が経《た》つと、シーンが繋《つな》がらないとかなんとか言っていた。

散らかった部屋を見渡すと、テーブルに流星が食べ残した食パンが置いてある。持っていく必要もなかったが、なんとなく手に取った。その瞬間、裸足の踵《かかと》に激痛が走る。

「痛ッ」

思わず声を漏らして、座り込んだ。脚を抱えて足の裏を見ると、ティッシュに包まれた流星の乳歯が突き刺さっている。深く食い込んだ歯を抜いて、片足跳びで玄関を出た。

「始まる！　始まる！」と、迎えにきた大久保のばあさんが手招きしている。

痛む足を引き摺《ず》って、現場に戻った。すでに準備は整ってしまったらしく、「あ、すいません、お父さんはここで」と、スタッフが張られたロープの手前で止める。

男の肩越しに覗き込むと、シンと静まり返った団地の路地に例の女優が一人で立っている。

「りゅ、流星は？」

思わずそう声を漏らした。横で爪先立《つまさきだ》ちしている大久保のばあさんが、「あそこ。ほら、あそこの窓から出て来て、こっちに走ってくるから」と声を震わす。

その瞬間、「スタート！」というかけ声が辺りに響く。

カメラがカタカタ回る音だけがする。閉じられた玄関に一礼した例の女優がゆっくりとこっちへ歩いてくる。レールの上をゆっくりとカメラが右へ動く。

女優が近づいてくる。足音だけが響く。大久保のばあさんが言った窓はまだ開かない。激しい鼓動が自分のものなのか、腕を摑《つか》んでくるばあさんのものなのか分からない。そのとき、窓が開いた。次の瞬間、流星がのそのとそこから這《は》い出してくる。が、そのまま一歩も動かない。走り出す気配もなければ、突っ立ったまま、その場でグラグラと揺れている。

「走れ！　ほら、走れよ！」

気がつけば、巧也は心の中でそう叫んでいた。

奴ら

3番線ホームへ降りる階段で、向井《むかい》宗久《むねひさ》はとつぜん息苦しさを感じて足を止めた。深呼吸してみるが、思うように空気が肺に入ってこない。手すりを摑《つか》もうと伸ばした腕が、微《かす》かに震えている。風邪でもひいたかと思った次の瞬間、全身に伝わった震えが怒りからくるものだと分かった。

マジ？　今さら？

思わず、そんな言葉が漏れる。

学校から駅までは機嫌良く歩いてきた。午後の「表現実習Ⅱ」で提出した作品は最高の評価を得ていた。十一名のクラスメイトは、一人を除いて全員が宗久の作品に投票してくれたし、いつもは「ブレッソンの写真でさえ貶《けな》すのではないか」と言われている西尾先生でさえ、多少の批評は加えながらも、「このレベルで撮り続けられたら、いつでも個展を開けるよ」と太鼓判を押してくれたのだ。

宗久が提出したのは、「液体風景」というシリーズだった。水に油を浮かべて掻《か》き回した表面の写真から始まり、豚骨ラーメンのスープに抹茶《まっちゃ》の粉末を入れたり、キムチ鍋《なべ》の残り汁などをあらゆる角度から照明を当てて撮影した。

以前から「鍋の残り汁って、きれいだな」と思っていたこともあるが、各授業で習った技術を駆使して撮影しているうちに、食事が終われば流しに捨てられるだけのものが、あるときは万華鏡のように見えたり、深淵《しんえん》な宇宙空間のような姿でフィルムに残った。正直、自分でもこんなに美しい色が出せるとは思ってもいなかった。

教室の大きなテーブルに作品を並べていると、クラスメイトたちが微かに唸《うな》るのを背中に感じた。明らかに他のクラスメイトが作品を並べたときとは違う反応で、身を乗り出して作品を見入った西尾先生に、「これは何だ?」と訊《き》かれ、「キムチ鍋の残り汁です」と答えたときには、半信半疑のまま抑えられていたみんなの賞賛の声が一気に沸いた。

自信もあった。だからこそ、いつもは遅刻ギリギリにしか登校しないところを、今朝は興奮して早く目が覚め、普段は駆け込む八時十七分発の上り電車に、珍しく余裕を持って乗れたのだ。

電車は普段通り混み合っていた。いつもは発車のベルを聞きながら階段を駆け上がり、ドアが閉まる直前に要領よく身体《からだ》をねじ込むのだが、今朝は列に並んで待つ余裕もあって、ドアが開くと、列全体で電車ごっこでもするみたいに前へ進み、そのうち背後から誰かに押され、前の誰かを押しながら、ドドドッと車輛《しゃりょう》の中程まで乗り込んだ。

目の前にわりとタイプの女の子が立っているのに気づいたのは、電車がゆっくりと走り出し、一番近くの中吊《なかづ》りにもさっと目を通したあとだった。

背の低い女の子で、ちょうど向きが直角だったので、電車が揺れるたびに彼女の華奢《きゃしゃ》な肩が、痴漢に間違われないようにリュックを両手で胸に抱いた宗久の腕に当たる。ジロジロと見るわけにもいかないが、ときどきその長いまつげが眠たそうにゆっくりと閉じては開く。寄りかかってくるというほどでもなかったが、リュックを抱えた自分の腕に、宗久は彼女の重みを心地よく感じていた。

一駅過ぎ、また一駅過ぎても、車輛中程に立つ乗客たちの状況は変わらなかった。ドア付近では多少入れ替わりもあるようだったが、郊外から都心へ向かう快速電車は、基本的に終点まで乗客が増えることはあっても減ることはない。

女の子の重みを腕に感じながら、宗久は別の中吊り広告を眺めていた。見出しには女子アナの不倫を報じるものから、進展のない六カ国協議を憂《うれ》えるものまで、様々な記事が並んでいる。

広告を眺めながら、宗久は、今日提出する「液体風景」を、クラスメイトの李《り》くんがどう評価するだろうかと期待を込めて考えていた。

「西尾先生は、ブレッソンの写真さえ貶すんじゃないか」みたいなことを、冗談混じりに言ったのがこの李くんだった。写真の専門学校で学んでいるくせに、李くん以外のクラスメイトはおそらくブレッソンの名前も知らない。

宗久は目的もなく入学した四年制大学を中退後に、この写真専門学校に入り直した。他の同級生たちより少し年上で、入学当初は居心地が悪かった。唯一《ゆいいつ》、自分より年上だったのが李くんだったが、同じ班になったときには、言葉は通じないし、朝から生の大蒜《にんにく》を齧《かじ》ってくるらしい日もあって、正直、ちょっと面倒だなと思ってもいた。

写真専門学校という所には、写真を学びたい者と、写真を学んでいることを誰かに言いたい者がいる。もちろん李くんは前者で、不思議な構図のいい写真を撮る。彼の日本語がまだ完璧《かんぺき》ではないので未《いま》だに深い話をしたことはないが、入学したばかりのころ、「向井くん、写真、才能あるね」と言われたことがあって、そのときは照れ臭くて、「ども」と短く応《こた》えただけだったのだが、考えてみればあれからずっと、彼のその言葉を宗久は心の奥のほうで大切にしている。そう言えば、風邪気味の日に、騙《だま》されたつもりで生の大蒜を齧ってみたことがある。すると嘘《うそ》のように体調が快復したので、「治ったよ」と李くんに礼を言ったのだが、当の彼は、「うそ？ マジ？」と驚いていた。

電車の中で、李くんとのそんな会話を思い出していたせいか、腰というか尻《しり》の辺りで、背後に立つ乗客の鞄《かばん》か何かがごそごそと動き出したとき、宗久は少しニヤニヤしていた。目の前では相変わらず長いまつげの女の子がうとうとしている。次が終点だったが、時間調整のために、電車はさっきから長いトンネルの途中で止まったまま動かない。

鞄か何かが挟まっているのだろうと思った宗久は、気を利《き》かせて尻に力を入れて背筋を伸ばしてやった。かすかな空間ができたようで、挟まっていた何かがすっと下のほうに移動する。

尻から力を抜くと、すっと下に移動した何かが、今度は太腿《ふともも》の付け根辺りに押し付けられる。鞄ではなく、誰かの拳《こぶし》らしい。なぜか握ったり開いたりするので、その度にごつごつした拳が尻に当たる。

宗久は遠慮がちに肩を揺らして抗議した。しかし、揺らした肩が目の前の女の子を押してしまい、逆に遠慮がちに睨《にら》まれる。

太腿の付け根辺りで、拳の向きが変わったのはそのときだった。手の甲ではなく、今度は誰かの手のひらが尻に押し付けられる。

一瞬、何が起こったのか分からなかった。触られているような気もするが、誰が男の尻など触るだろうかという気持ちのほうが強く、判断に時間を要す。

しかし、やはりどう考えても触られていた。ぴたりと押し当てられた手のひらが、太腿と尻を行ったり来たりするのだ。一瞬、痴女かとも思ったが、女性の手にしてはゴツゴツしすぎているので、「ああ。この馬鹿《ばか》、俺を女と間違えてんだな」という、思わず吹き出してしまいそうな結論に達した。

馬鹿ヅラを睨んでやろうと思って首を回してみたが、横に立つ年配の女性の後頭部は見えても、背後までは回らない。

いい加減にしろ、という抗議のつもりで、また尻に力を込めた。すると力を込めた尻を痴漢がぐっと強く掴む。「やめろよ！」と怒鳴りつけようとした瞬間、ゆっくりと電車が走り出し、手の動きもぴたりと止まる。

しかしほっとしたのも束《つか》の間《ま》、こちらが声を出さなかったのに味をしめたのか、大胆になった手が、今度は尻から股間《こかん》に伸びてきて、むんずと金玉を握ったのだ。

思わず宗久は腰を引いた。そして、さすがに「もうここまでだ」と思い、その手を摑もうとしたのだが、リュックを抱いた手を下ろせば、そのまま目の前の女の子の脇《わき》腹《ばら》を撫《な》でることになる。そして、この一瞬の躊躇《ちゅうちょ》が最悪の事態を招く。金玉を握っていた手が離れた次の瞬間、スーッとジーンズのファスナーを開けられたのだ。

一瞬、スーッと血の気が引いて、すぐにカッと身体が火照《ほて》った。自分でも顔が真っ赤になるのが分かった。もちろん「怒り」からのはずだった。しかし、「てめぇ、何やってんだよ!」という怒鳴り声が口から出ない。怒りに任せて発する声に対して、あまりにも車内が静か過ぎる。そして何より、大の男が痴漢に遭っているのだ。男のくせに、痴漢でもなく、勇敢に痴漢を捕まえた者でもなく、痴漢の被害に遭っているのだ。威勢良く怒鳴ったところで、失笑が起こるに違いない。考えれば考えるほど、自分が痴漢以下の存在に思えてくる。

自分が顔を真っ赤にしているのが、怒りからではなく、恥ずかしさからだと気づいたのはそのときだった。気づいた瞬間、ファスナーを開けられ、身動きもできずにいる自分が改めて恥ずかしくなる。男に尻を撫でられて、恥ずかしがっている自分が恥ずかしい。怒鳴るどころか、口を開けば、「この人、痴漢ですッ!」という女子高生みたいな悲鳴を上げそうで、宗久は必死に口を結び、腰の動きだけで抗議した。

幸い、大きく揺れたカーブのお陰で、痴漢の手は遠ざかった。その際、目の前の女の子との間に隙間《すきま》ができ、宗久は慌《あわ》てて抱えていたリュックで股間を隠した。

電車が終点のホームに滑り込む。ゆっくりと停車した電車のドアが開き、どっと乗客が吐き出される。宗久も股間をリュックで隠したまま、押し出されるように電車を降りた。我れ先にと乗客たちが狭い階段を上がっていく中、宗久は痴漢を探すどころか、立ち止まる余裕もなく、前へ前へと歩かされた。

目の前に立っていた女の子の姿さえ、もう近くにない。宗久は誰にも気づかれないようにファスナーを上げた。妙な視線を感じて顔を上げると、階段の途中からこちらを見下ろす男がいる。ほんの一瞬だったが目も合った。またカッと身体が火照る。しかし混んだ階段を追いかけていくのは不可能だった。

男の姿が人ごみに消えると、妙なもので怒りよりも先に、ほっとしている自分に気づいた。痴漢の被害者の立場から解放されたような気分だった。

とつぜん笑いが込み上げてきたのは、駅を出て、学校へ向かっている途中だった。授業中に食べようと、いつものようにコンビニでサンドイッチを買い、いつものガードレールを跨《また》いで越えた瞬間、とつぜん腹を抱えるほど可笑《おか》しくなったのだ。

マジかよ。

俺、痴漢に遭ってんの。

ケツ撫でられてんの。

この人、痴漢ですッ！　てか。

やめて下さいッ！　てか。

込み上げてきた笑いは、学校に着くまでおさまらなかった。考えれば考えるほど可笑しくなり、涙が出るまで笑って、学校に到着するころには、痴漢騒動のことなど、結局笑い話が一つ増えたくらいのことにしか思えなかった。

そう、痴漢のことなど、今朝のうちに笑い飛ばしてしまったはずだったのだ。それなのに……。

「表現実習Ⅱ」で高評価を得て、気分よく学校から帰る今になって、とつぜん怒りがぶり返していた。宗久は急に息苦しくなって足を止めた階段から、3番線のホームを見下ろした。そこは、今朝こっそりとファスナーを上げながら歩いたホームだった。

「な〜るほど、それで、そんなに苛々《いらいら》してるわけねぇ」

散々、腹を抱えて笑った亜沙美が、揉《も》みほぐれた右脚を引っ込め、代わりに左脚を宗久の前に突き出してくる。

「簡単に言うなよ。俺、マジで怒りがぶり返してきたとき、階段の壁、殴ろうかと思ったんだからな」

宗久は突き出された亜沙美の左脚にレモングラスの香りがするオイルを塗りながら、拳を強く握ってみせた。

駅でぶり返した怒りはなかなか鎮《しず》められなかった。考えれば考えるほど腸《はらわた》が煮えくり返り、変態野郎相手に何もできなかった悔しさも募って、大声で叫び出したいほどだった。階段でちらっと目が合った男が犯人ならば、どこにでもいるような二十代後半らしきサラリーマンで、あんな男に負けたことがまた悔しい。今ならいくらでも殴り倒せるのに、それができなかった今朝の自分に身震いが出る。このまま自宅アパートへ戻ったところで、イライラしたまま眠れぬ夜を過ごしそうで、半日遅れてきた怒りに任せて、「今週は仕事が忙しくて会えないかも」と言われていた亜沙美のアパートにやってきたのだ。

とにかく俺は男で、それも痴漢に遭って泣き寝入りするような柔な男ではないことを誰かに証明しないと、どうにも収まりがつかなかった。

「普通、触られたら、すぐに睨むとか身体を揺らすとかするじゃない。でも、お尻をキュッとすぼめちゃったんでしょ？」

まだ可笑しいらしく、亜沙美が思い出し笑いする。

「だから、最初はまさか痴漢だとは思わなかったんだよ。誰が俺のケツなんて触って喜ぶよ? って思うだろ、普通。……あ〜もうッ、考えれば考えるほど気持ち悪《わり》い!」

「黙って触らせてたから、痴漢も、『ああ、こいつは脈有りだ』って思ったのよ」

「触らせてたって……。動こうにも、前には女の子がいて動けなかったんだよ。怒鳴りつけようとは思ったけど、タイミングが分からないし」

「そんな呑気《のんき》なこと言ってるから、向こうもお尻だけじゃ飽き足らずにエスカレートしてくるのよ」

亜沙美がまた笑い出す。宗久が脹《ふく》ら脛《はぎ》を揉んでいる手に力を込めると、「あいたたッ」と笑いながら悲鳴を上げる。

「声出せばよかったのよ」

「だから、何て言えばいいんだよ!」

「『痴漢です! 助けて下さい!』って言えばいいじゃない」

「言えるかよ、そんなかっこ悪い」

途中から亜沙美は完全に面白がっていた。半年ほど前、自分が痴漢に遭ったときには顔を真っ青にして怒り狂っていたくせに、自分の彼氏が同じ目に遭っても笑い話でしかないらしい。

　宗久は悔し紛れに亜沙美の脹ら脛のリンパを強く押さえた。毎日の立ち仕事でパンパンに張っている亜沙美の脹ら脛が、宗久の思惑とは逆に、だんだんと柔らかくなっていく。

　ちょうど写真の専門学校に入学したばかりのころ、宗久は亜沙美と出会った。たまたま入った新宿のデパートで春物のジャケットを亜沙美の店で買ったのだ。ほとんど一目《ひとめ》惚《ぼ》れで、その翌日も、その翌日も学校帰りにデパートへ寄って、かなりしつこくデートに誘った。

　あとで聞いた話だが、亜沙美はちょうどそのころ失恋したばかりで、デートの誘いをわりとすんなり受けたのも、元彼への当てつけの気持ちが強かったらしい。

　亜沙美は宗久よりも三つ年上で、とても美しい背中の持ち主だ。もう何度も宗久は彼女の背中を撮影しているが、すっと伸びた背骨と艶《つや》やかな肌を実物以上に写せたことはない。実物からは触れずとも匂《にお》いや熱が伝わってくるのに、宗久の写真からはそれが伝わってくることがない。だが、この背中の写真で、フォトコンテストの佳作に選ばれたことがある。選ばれたからと言って、すぐに注目されるようなコンテストではなかったが、それでも「その他大勢」の中から、自分の写真がすっと引っ張り出されたのかと思えば、大学を中退し、この道に進んだことが間違ってはいなかったのだと、誰かに背中を押されたような気持ちにはなれた。

付き合い始めたばかりのころ、亜沙美は宗久の写真を見て、「宗久は絶対に有名な写真家になる。そして私を捨てる。これ絶対。私が保証する」と言ったことがある。

「捨てないよ」と宗久はすぐに否定したが、「うだつの上がらない写真家の彼女より、有名な写真家に捨てられた女のほうが人生に箔《はく》がつくじゃない」と亜沙美は笑い、その横で宗久は「この女と別れることはないだろうな」と思っていた。

「要するに、宗久は自分が女扱いされたことが我慢ならないのよね」

オイルまみれになった手を洗面所で洗っていると、亜沙美の声が聞こえた。宗久は「違うよ」と言い返して、部屋へ戻った。

「だってそうじゃない。宗久の話を聞いてると、痴漢に怒ってるっていうより、痴漢に遭った自分に腹が立ってる感じだもん。それじゃまるで痴漢に遭うほうが悪いみたいじゃない。結局、心のどっかで宗久は女のことを馬鹿にしてんのよ」

「なんでそうなるんだよ。それに、言わせてもらえば、男にはどうしても譲れない最後の核みたいなのがあって……」

「何よ、それ」

「だから……」

「自分は男で、女じゃないってことでしょ？」

一瞬、宗久は言葉に詰まった。いくらでもうまく言い返せそうなのだが、適切な言葉が見つからない。

「ほら、結局そうなのよ。学校のダンスで女の子の列に入れられて他の男の子と踊らされたような……、お楽しみ会の劇でお姫様役をやらされたような屈辱感なのよ。それって、女のこと馬鹿にしてない？」

「なんでそうなるんだよ」

「いや、絶対にそうよ。宗久ってわりと保守的っていうか、そういうところがあるんだねぇ」

「ないよ。保守的な男が、仕事に疲れた彼女の脚なんか揉んでやるか？」

「あ、ほら。旦那《だんな》が奥さんに肩を揉ませるのはいいんだ？」

「いや、だから……。と、に、か、く、悪いのは、あの変態野郎なんだよ。あ〜、もうッ、ホモとかおかまとか全部日本から出て行けばいいんだよ！」

「あ、また差別発言」

「差別じゃないよ。だって相手は痴漢なんだぞ。犯罪者なんだぞ」

「だったら、そう言えばいいじゃない。今の宗久の言い方だと、うちの店長の中谷さんまで日本から出て行かなきゃならなくなるし……」

「中谷さんは別だよ。知ってる人だし」

「ああ、ってことは要するに、自分の知ってる人だけで仲良く日本で暮らしたいんだ」

「そんなこと誰も言ってないだろ！　それになんで俺が差別的なんだよ。学校でだって留学生と一番仲良くしてやってんの、この俺だぞ」

「あ、ほら……。駄目だ、宗久。かなり重症だわ」

呆《あき》れたとばかりに首をふった亜沙美が浴室へ向かう。その背中に何か言い返したいのだが、やはりうまい言葉が出てこない。

宗久の苛々した視線を感じたのか、ふと立ち止まった亜沙美が振り返る。

「言っとくけど、今日Hしないからね」

「なんで！」

「男のプライド守るために、仕事で疲れたこの身体を使われるのはご免です」

亜沙美がそう言って、浴室のドアを閉める。宗久は悔し紛れに抱いていたクッションを殴りつけた。

宗久が痴漢と再会したのは、それから三日後のことだった。いつもの八時十七分発の快速電車で、乗り込んだ車輛も犯行当日と同じ号車だった。

三日の間、宗久は悶々《もんもん》と過ごしていた。日が経《た》つにつれ、尻を撫でた手の感触をより鮮明に思い出したし、怒鳴れなかった自分の意気地のなさも悔やまれたし、亜沙美に話すことで、笑い飛ばそうとしたはずなのに、逆に差別主義者扱いされ、そして何より、笑い話にするつもりだったくせに、最後の一線（ファスナーを開けられたこと）を、なぜか亜沙美には話せなかった自分の妙な廉恥《れんち》が、情けなくて、女々しくて、許せなかった。

翌朝も、その翌朝も、宗久はホームや電車の中で犯人を探した。いつもは発車ギリギリにホームへ駆け込むくせに、連日、十分前には駅に向かい、憎き痴漢が現れるのを今か今かと待ち伏せたのだ。

宗久は高知市内で小さなスーパーを営む両親の三男坊として生まれた。三人目は女の子が欲しかったと公言して憚《はばか》らない母親のせいだと思うが、小学校に上がるまで、丸刈りの兄二人とは違い、髪を肩まで伸ばし、いつも女物の服を着せられていた。そのせいで二人の兄にはいつもからかわれていた。悔しくて喧嘩《けんか》してみたところで、身体の大きな兄たちにかなうわけもない。

「ぼくも男の子なんだぞ」と、何度母に泣いて抗議したか分からない。その度に母は、

「分かってるわよ。宗ちゃんは立派な男の子よ。立派な男の子は泣いちゃ駄目でしょ」

と、ピンク色のシャツを着た末息子をたしなめた。

未《いま》だに母は、二人の兄より宗久のことを可愛《かわい》がっている節がある。兄が二人とも地元に残っているせいもあるが、宗久が帰省する度に、「お兄ちゃんたちは物言いどころか、歩き方まで乱暴で、お母さん、一緒にいるとドキドキするのよ。それに引き換え、宗ちゃんは品がいいもんねぇ。末っ子だから、やっぱりお母さんも細かい所までちゃんと目が行き届いてたんだろうねぇ」などと堂々と愚痴をこぼす。

家業を手伝わずに上京した負い目もあって、これまではそんな母の愚痴を黙って聞いていたが、もし今度同じようなことを言われたら、「そのせいで、末息子は痴漢に遭ったんだぞ」と怒鳴り返してやりたくもなる。

とにかく待ちに待った痴漢との再会は、三日後の同じ快速電車の車内だった。宗久は奴がどの駅から乗ってきても見逃さないように、ドアの内側にへばりついていた。奴を発見したのは、いつも宗久が使う駅から三つほど都心に近い駅だった。電車が

ゆっくりとホームに滑り込み、宗久が立つドアがちょうど奴の前で止まったのだ。ドアが開く前に、一瞬、二人の目が合った。宗久は、「あっ」と思わず声を上げそうだったが、奴はさほど動揺した素振りもみせず、何喰わぬ顔で視線を逸《そ》らす。

ドアが開き、奴と一緒にドドドッと新しい乗客が押し込まれてくる。宗久は手すりを抱いて、奥へ追いやられないように足を踏ん張った。前を通過する際、もみくちゃにされながらも奴がまたちらっと宗久を見る。

この三日間で溜《た》めに溜め込んでいた怒りと悔しさが、奴の一瞥《いちべつ》で一気に身体中を駆け巡り、宗久は奥歯を嚙《か》みしめた。

しかし、ドアが閉まって電車が動き出してみると、奴と宗久との距離が遠い。奴は中程まで押し込まれて、連結部分の手すりに摑《つか》まっている。

宗久は何度も深呼吸して、冷静にこの状況を分析した。奴に摑み掛かって、ボコボコにしてやりたいのは山々だが、いきなり殴り掛かれば、こっちが悪者になってしまうし、たとえば今ここで、「あいつは痴漢だ！　三日前、俺のケツを触りやがったんだ！」と騒ぎ出してみたところで、頭がおかしそうなのは自分のほうになってしまう。殴った上で、駅員に突き出したい。自分の鬱憤《うっぷん》を晴らし、その上で、奴に犯した罪を法的に償わせたい。

二駅ほど冷静に熟考した末、宗久は完璧《かんぺき》な作戦を立てた。まず、次の駅からの乗降客の流れを利用して、徐々に奴に近づくのだ。そして奴の前にぴったりと立つ。きっと奴はまた手を出してくる。そこを逃さず取り押さえるのだ。

次の駅から、宗久は作戦通りに徐々に奴に近づいていった。二駅ほどで離れていた距離が近くなり、トンネルに入る前の駅では、いよいよ奴の真横の位置をキープした。ドアが閉まり、電車が動き出した瞬間、奴がちらりと横目で宗久を見遣《みや》る。気のせいか、その横顔が半笑いしているように見える。

くそっ、好きで近づいてきたわけじゃねぇぞ！

思わず声を上げそうになるが、ここで堪えなければ作戦が失敗する。宗久はぐっと堪えた。

しかし、奴がなかなか動き出さなかった。一駅過ぎ、二駅が過ぎ、とうとう終点手前のトンネルの中、時間調整での一旦《いったん》停車に入ってしまう。

焦《あせ》った宗久は、こうなれば最後の手段だとばかりに、自分から尻《しり》を相手の腰に押しつけた。するとなんと奴がちょっと迷惑そうな顔で宗久を見たのだ。

ちょ、ちょっと待てよ……。

宗久は意地になった。

どれくらい尻を押しつけていただろうか。一旦停止していた電車が動き出したところで、奴がやっと手を出してくる。ただ、どこかその手つきが面倒くさそうで、三日前の情熱が感じられない。セックスが終わったあとに女の髪でも撫《な》でるみたいに、宗久が押しつける尻を、一、二度、お愛想程度に撫でたのだ。

それでも、奴が触ってきたことには違いない。宗久は、今だ！　とばかりに、「てめぇ、ふざけんなよ！」と怒鳴ってその手を摑んだ。緊張で手のひらが汗ばんでいたせいで、摑んだ奴の手首が一度つるりと抜ける。宗久は慌てて今度は両手で摑んだ。

とつぜんの怒声に、車内に妙な空気が張り詰める。元々、静まり返った場所なのに、みんなが呼吸まで止めたように、一切の音がなくなった。その瞬間、電車が終着駅のホームに滑り込み、乾いた音を立ててドアが開く。揉《も》め事に関わりたくない乗客たちが逃げるように降りていく。

宗久は痴漢の顔を改めて睨《にら》んだ。取り押さえられ、脅えているというよりも、どこかきょとんとした顔だった。

怪訝《けげん》そうな視線を二人に向ける者も幾人かいるにはいたが、ほとんどの乗客たちは何事もなかったかのように電車を降りていく。宗久は汗ばむ手で摑んだ男の手首を強く引き、この期《ご》に及んで不服そうな表情の男を、「出ろよ！」とホームに引きずり出した。

いくら無関心でも、男が二人取っ組み合っていれば、自然と人垣ができる。遠くから駅員が駆け寄ってきたのはそのときで、「ど、どうされたんですか？」と声をかけられ、やっと宗久は発言の機会を与えられた気がして、「こいつ、痴漢なんだよ！」と怒鳴った。

痴漢という言葉に、多くの乗客たちが足を止めるのが分かった。みんな、その目で被害者を探している。駅員の思考も同じだったらしく、「え、えっと、遭われた方は？」と辺りを見渡すので、「俺だよ、俺！」と宗久はまた怒鳴った。

カクンと空気が折れたとでも言えばいいのか、一瞬、周囲でそんな妙な間が空いて、次の瞬間、どこかで「プッ」と誰かが噴き出す声がした。

「と、とにかく事務所のほうへ」

首を捻《ひね》りながらも、駅員が宗久と痴漢の背中を押す。歩き出した宗久の横で、「え？　痴漢？　どっち？」と若い女たちが顔を見合わせている。汚物でも見るような女たちの視線が、間違いなく自分にも向けられている。

駅員に背中を押されて歩き出すと、痴漢野郎はすっかり観念してしまったらしく、抵抗することもなくスタスタと事務所へと歩を進める。まるで駅員と男に連れられて宗久のほうが連行されているように見えなくもない。

「てめぇ、気持ち悪いんだよ！」

悔し紛れに男の背中に怒鳴ると、勢いで飛び蹴《げ》りしそうになる。「まぁまぁまぁ」と駅員が慌《あわ》ててそんな宗久の肩を押さえる。

混んだホームを抜け、改札横の扉からがらんとした通路に入る。乗客は立ち入り禁止の通路で、背後でドアが閉まった途端、あとをついてきていた構内の喧噪《けんそう》が断ち切られる。音がなくなったせいで、体内の怒りの音まで聞こえる。もう自分が何に怒っているのか分からないほど、怒りだけがふつふつと沸いてくる。

連れて行かれたのは、構内の鉄道警察隊だった。先に駆け込んだ駅員が、制服の警官に何やら短く耳打ちをする。そのときだった。耳打ちをされた警官が、まず宗久を見て、心の底からうんざりしたように顔を歪《ゆが》めたのだ。

宗久は横に立つ痴漢を押しのけて前へ出た。

「てめぇ、今、俺のこと見ただろ！　俺を痴漢だと思ったんだろ！」

口を開いた途端、自分がどう振る舞えばいいのか分からなくなる。男のくせに痴漢でもなく、痴漢を捕まえた者でもなく、れっきとした被害者なのに、痴漢扱いされたのだ。とつぜん怒鳴り出した宗久に焦って、駅員が警官の背後に隠れる。

「俺は何もしてねぇぞ！　俺は痴漢なんかしてねぇぞ！」

怒鳴れば怒鳴るほど、怒りを制御できなくなる。「え？　痴漢？　どっち？」と、
ホームで囁《ささや》き合っていた若い女たちの顔がとつぜん浮かぶ。

「てめぇ、謝れよ！　今、俺のこと、馬鹿にした目で見やがっただろ！　謝れよ！」

気がつけば、宗久は警官に摑みかかっていた。

騒ぎを聞きつけた他の警官たちがなだれ込み、あっという間に取り押さえられる。

それでも宗久は警官たちの腕の中、「放せ！　馬鹿にすんな！」と暴れ続けた。

しかし、警官たちから乱暴に押さえつけられながら、なぜか宗久は安楽だった。自分がやっと男として認められたようで、もっと押さえつけてもらうために、力の限りで暴れ続けた。乱暴に口を塞《ふさ》がれ、背中に膝《ひざ》を立てられ、両手両足を押さえつけられても、ケツを触られているよりは頭がはっきりしていた。少なくとも、自分の知っている世界に自分がいることが確信できた。

いよいよ身動きが取れなくなったとき、宗久はなぜか自分が撮った「液体風景」を思い描いていた。黒い器に水を張り、そこにサラダ油を垂らした。水と油はもちろん混ざり合うことがない。でも、混ざり合わない水と油に強い照明を当てれば、水泡のような無数の油の陰影が、きらきらと輝き出す。写真から溢《あふ》れ出した液体が、さっき

までいた満員の車内に流れ込んでくる。駅に止まるたびに掻《か》き回されるが、決して溶け合うことはない。誰も照明を当てようとしない。「油が入ってくるから暑苦しいんだ」と誰かが叫ぶ。弾《はじ》き出された油が一ヶ所に固まる。そこに誰かが火をつけようとする。

「ちょ、ちょっと待って下さい！　この人は被害者なんですから！」

駅員の、おずおずとした声が聞こえたのはそのときだった。

大阪ほのか

「もう、ここでよかっちゃないや？」

食堂の並ぶ通路を歩き回って三周目、広志はぱたりと立ち止まった。昔ながらの横町をそのまま地下街に埋め込んだような場所だった。ここが梅田駅地下になるのか、大阪駅地下になるのか分からない。ホテルからどこをどう歩いてきたのかも、ついでに分からない。

広志がぱたりと立ち止まったのは、チェーン店らしいお好み焼き屋の前で、さっきまで、「大阪のお好み焼きでも、やっぱうまい店とそうじゃない店があるけんな」などと、赴任一ヶ月目にして大阪通ぶっていたくせに、結果、聞いたことのあるチェーン店を選ぶ辺り、言うほど大阪での暮らしを満喫しているわけでもないらしい。

店は十人ほどが座れる鉄板カウンター席だけで、すでに残席は三つ、それも年回りの悪いゴールデンウィークのように飛んでいる。他にお好み焼き屋がないわけでもない、東京でならすぐに退散するのだが、鉄板の向こうに立った若いあんちゃんが、「すいません、ちょっといいですか？」と手際《てぎわ》よくお好み焼きを頬張る客を分け、残席を大型連休に変えてくれる。今さら店を出るわけにもいかず、空けてもらった席に座ったのだが、決して小柄ではない男二人には椅子《いす》と椅子との間隔が狭すぎる。隣の客にぶつからないようにするには、片方の肩だけを出すしかない。ただ、お互いに向き合って肩を出せば、素人《しろうと》が社交ダンスでも始めるみたいになってしまうし、かといって、たまには酒でも飲もうと二年ぶりに会った友人と背中を向け合うわけにもいかない。結果、妥協案として、互いに椅子を後方にずらし、少し離した。大阪名物らしい二重駐車の要領だ。

「何、食う？」と広志に訊《き》かれて、「じゃ、お好み焼き」と答えた。

「だけん、何のお好み焼きや？　海老《えび》？　豚？」と広志が訊き返してくる。

メニューを広げる広志を無視して、鉄板で牡蠣《かき》を焼いているあんちゃんに、「すいません、生ビール二つ」と注文した。横というか、ほとんど前に座っている年配の女性が、「そやから、あの人に言うてやってんやんか。自分一人の仕事にしたいのは分かるけど、ミスまで隠されたら、後始末させられる私らが迷惑するって」と、同僚らしい女性の悪口を、これまた同僚らしい若い女性にこぼしている。

凍ったようなビールが届けられ、カツンとジョッキをぶつけて広志と乾杯した。二年ぶりなので積もる話もあるかと思っていたが、実際、会ってみるとさして話したいこともない。乾杯した広志は一口飲むと、何やら複雑なトッピングでお好み焼きを注文する。

大阪本社に転勤になったという広志からのメールが届いたのは、夏の終わりごろだった。以前から彼が大阪本社への異動を希望していることは聞いていた。福岡の高校を卒業後、いわゆる地元採用で広志は今の会社に入った。会社は大手通信機器メーカーではあったが、高校の卒業時、ほとんどの者は大学進学を決めていたので、どこか広志だけ、早々とこぢんまりまとまった感がありはしたが、あれからほぼ二十年、大学に進学した者も結局はそのほとんどが会社員になり、その後転職する者も多くて、転職のたびに会社の知名度は低くなっている。結果、高校卒業時には少し出遅れた感のあった広志も、今、同窓会で名刺交換でもすれば、その会社の知名度だけで、「よかなぁ、お前の会社は給料安定しとるし、退職金も多そうで」と羨望《せんぼう》の眼差しを向けられる。

「大阪生活はどうや？」

広志が注文した複雑なトッピングのお好み焼きが鉄板で焼かれるのを待ちながら、

長引く沈黙を断ち切るように尋ねた。唇にビールの泡をつけたまま、まだメニューを見ている広志が、「どうもこうも大昔に建てられた寮やけん、天井低くて何度頭ぶつけたことか」と吐き捨てる。

「頭ぶつける天井って……」

「いや、天井じゃなくて、ドアの上。……ほら」

髪を掻《か》き上げた額に、本当に傷跡がある。

「あほちゃうの」

同僚の悪口を続けている隣の女性がそう呟《つぶや》いて、あまりのタイミングの良さに吹きそうになった。

「寮って、やっぱ独身寮や？」

焼き上がったお好み焼きをヘラで切りながら、広志に尋ねた。同じようにヘラで切りながら、「今はな。でも、もう一つの社宅のほうが空けば引っ越せるかもしれんけど」と呟く。

「嫁さんおらんでも」

「離婚しても住み続けとる人おるし」

「そう言えば、昔、寮の見取り図描いた手紙くれたよな？」

「見取り図？」

「ほら、名古屋かどっかの研修センターにおったころ」

「ああ、まだ十代のころじゃないや？」

上京して大学に通い始めたばかりのころだった。もちろん夢や希望に胸を膨らませていたが、予想外の孤独感に狼狽《うろた》えているころでもあった。そんなとき広志から手紙が来た。メールも携帯電話もなく、もっと言えば部屋の電話には留守電もついていなかったころだ。手紙には照れくさそうな挨拶《あいさつ》文と近況を知らせる短い文があり、その横に「今いる寮」と名のついた手書きの見取り図がついていた。十畳の和室。真ん中にテーブルがあり、その両側に布団が二つ敷いてある簡単な絵で、「プライバシーなし！」と赤字で書き込まれていた。

その後、こっちが大学で遊びほうけている間に、広志は社内の教育制度を積極的に使い、仕事と勉強を両立させていた。当時、帰省した折にみんなで地元のカラオケ屋に行ったことがあるが、「俺は大学行かんやったけん、その分、会社で勉強させてもらいよる」と呟いた広志の言葉を、なぜか未《いま》だにはっきりと覚えている。周りはせっかく入った学校にもほとんど行かず、必死に歌本を捲《めく》っている者たちばかりだったのに。

「大阪は栄転になるとやろ？　この前、清美からメールもらって、そう書いてあったぞ」

隣の客が帰って、やっとカウンターに肘《ひじ》を置けた。二杯目のビールを注文してからそう尋ねると、「まぁ、栄転って言えば、栄転やけど、そう大したことないぞ」と広志が照れる。

清美のメールによれば、地元採用の広志がこの年で大阪本社に異動するのはかなりの出世コースらしい。しばらく大阪で働いて、今度地方に異動するときには係長、定年間際には間違いなく課長までいくという。正直、大手企業の課長というのが、いったいどれくらい偉いのか分からないが、離婚して今は市役所でバイトしているという清美がくれたメールからは、すごいことなんだよ！という興奮が伝わってきた。

「このあと、どうするや？」

ジョッキに残ったビールを飲み干すと、広志に訊かれた。気がつけば、あっという間に二枚のお好み焼きを平らげていた。互いにビールもジョッキで二杯、煙草《たばこ》も吸えない店に長居はできない。

「どうせ明日の飛行機、昼過ぎやけん、もう一軒くらい、どっか飲みに行こうで」

すでに椅子を立ち、ズボンの尻《しり》ポケットから財布を出している広志に言うと、「じゃあ北新地のほうに行ってみるや？」と答えて勘定を済ます。

店を出て、「半分払うぞ」と言ってはみたが、広志は、「いいよ」とも言わずに地下街を歩き出す。

「そんじゃ次の店、払うよ」

階段へ向かうその背中に声をかけた。

久しぶりに広志とメシでも食って、新天地「大阪」の暮らしでもしんみりと聞こうかと思っていたが、元々、こちらに訊く気もなければ、向こうに話す気もなかったのか、部活帰りの高校生みたいに黙々とお好み焼きを食っただけだった。

地下街を出て、しばらく歩くと、東京で言うところの銀座のような夜の町に入り込んだ。スナックや小料理屋の色とりどりな看板が、ビルの壁に積み木のように重なっている。白いドレスを着た若いホステスが、結い上げた髪を押さえながら歩いてくる。すれ違うと、微《かす》かに甘い香水の匂《にお》いがする。

土曜の夜で、さほど人通りは多くないが、店から出てきた酔客を店の女たちがタクシーに乗せる光景はちらほらと見受けられる。

「知ってる店でもあるとや？」

あまりにもズンズン歩いていくので、馴染《なじ》みの店でもあるのだろうと尋ねてみると、

「いや、特にない」と、広志がはたと立ち止まって首をふる。横にはキャバクラの入口があって、セット料金の書かれたボードが毛布のような壁に埋め込んである。

「ここに入ってみるや？」

地下街を三周も歩かされたのに懲《こ》りていたので、横にあったキャバクラのほうに顎《あご》をしゃくると、ちらっと目を向けた広志が、「ここ、たぶん外れるぞ。なんかそんな勘がする」と真剣な顔で言う。

「じゃ、どこ行くとや？」

「どこって言われても……」

「来たら、大阪案内するって、お前が言うたんやろうが」

「そりゃ、言うたけど、来るの早すぎ」

そう言って再び歩き出そうとした広志が、「あ、この辺の焼酎《しょうちゅう》バーなら行ったことあるぞ」と立ち止まる。危うくその背中にぶつかりそうになった。

「たしか、この前、会社の人と一緒に来たの、この辺やった……。ただ、あのときかなり酔っぱらっとって……」

勘を頼りに歩き出した広志のあとを、仕方なくついて歩いた。その後、広志は入る路地を二本間違えて、三本目で、「別の店にしようか？」と弱気になったが、偶然、弱気になった場所の目の前がその店だった。

焼酎バーというくらいなのだから、焼酎が揃《そろ》っている店だろうとは分かっていたが、混んだ店内に入ると、一目で焼酎以上に店員の女の子たちの質が高いのに驚かされた。

もちろんただのウェイトレスなのだが、男客たちの間を忙しく給仕して回る女の子たちは、みんな胸に名札をつけており、「なつみ。20歳」「まゆ。22歳」果ては「えりか。18歳」まで揃っている。正直、その光景を眺めているだけで、まだ一杯も飲んでいないのに、つい呼び止めて次の焼酎を注文したくなる。

「なつみ。20歳」に案内されてカウンターの一番隅に座り、「えりか。18歳」にとりあえずビールを注文した。一目見た感じ一番美人の「まゆ。22歳」は機嫌が悪く、愛想もなく熱いおしぼりを置いていく。

そのおしぼりで機嫌よく二人で顔を拭《ふ》いた。お好み焼き屋の店内が、異常に脂《あぶら》ぎっていたせいだ。

突き出しとビールを運んできた「えりか。18歳」に、「高校生なん？」と、広志が早速声をかける。

「いえ、もう卒業してます。来月で19」

まさに花が咲くような笑顔でそう答え、「えりか。18歳」が去って行く。その背中をかなり長い間見送ったあと、思い出したように乾杯した。別に女の子たちが席についてくれるわけではないのだが、料理や酒を運ぶ姿を眺めているだけで、次々に酒のグラスが空いた。あっという間に飲み干したビールの次に、「まゆ。22歳」を捕まえて、彼女のお薦め焼酎を注文する。グラスの氷にとろりととけた鹿児島の焼酎は、口当たりもよくクイクイと進んだ。

「でもさ、考えてみたら、もし今から子供作っても、その子が成人するころ、俺ら、もう六十やな」

氷にとけた焼酎を一口舐《な》めた広志が、とつぜんそう言った。視線の先には串焼《くしや》きを運ぶ「なつみ。20歳」の姿がある。

「六十？　そこまで年取るや？」

にわかに信じられず数えてみると、たしかに妊娠期間も入れれば、きっかり子供の成人式には還暦を迎えている。

「……うわっ」

思わずそんな声が漏れた。

「な？　六十やろ？」

「ほんと、還暦やった」

「うわっ、還暦って言うな」

広志が本気で顔をしかめる。

「なんかのんびりしとったけど、わりと深刻やね？」

腹一杯なのに、動揺してついそらまめに手を出した。すでに九州四県の焼酎を飲んでいて、トイレに立つと微かに足がふらつく。「えりか。18歳」が三十分ほど前にエプロンを外して帰ったのは見ていたが、奥のテーブル席の客たちもいつの間にか大半が姿を消しており、気がつけば、他の女の子たちもレジ横で帰り支度を始めている。トイレから戻ると、「そういえば、小野くんって元気にしとると？」と広志が訊いてきた。

「小野ちゃん？　元気元気」

「まだ独身や？」

広志の質問にこくりと頷《うなず》いて焼酎を舐めた。

「相変わらず、理想高いわけ？」

「小野ちゃんの場合は女の理想っていうか、結婚相手への理想がな」

「どう違うとや？」

「付き合うのは自分が好きな女。結婚するなら自分のこと好きな女」

考えて答えたわけではなかったが、なぜかスラスラとそんな答えが口から出てきた。

「そりゃ、結婚できんな」

広志が呆《あき》れたように首をふる。

あれはもう十年以上前になるか、広志が初めて出張で東京へ来たとき、大学の同級生だった小野ちゃんを呼んで飲んだ。小野ちゃんと広志は気が合ったらしく、その後も小野ちゃんが出張で福岡へ行ったときは、二人で飲んだりしていたらしい。

「小野くん、知っとるのかな？」

広志がまた空けたグラスの氷を鳴らしながら首を傾《かし》げる。

「何を？」

「いや、さっきの話」

「さっきの話？」

「だけん、還暦の話」

広志の目が酔ってとろんとしている。もしかすると、こちらの目がとろんとしていて、そう見えるのかもしれない。

「電話かけて教えてやろうか」

半分ふざけてそう言うと、広志が、「かけろ、かけろ」と悪のりする。ポケットから携帯電話を取り出すと、あいにく圏外だった。ただ、横で同じように出した広志の携帯のほうは電波が繋《つな》がっており、すぐに広志が小野ちゃんの番号を探して、こちらに手渡してくる。飲んでいる最中のヤツから妙なテンションの電話がかかってくることほど、迷惑なものはないのだが、今夜はこちらがその妙なテンションなので歯止めがきかない。

耳元で呼び出し音が鳴り始める。ここ数年、やはり会っていないらしい広志も、久しぶりに小野ちゃんと話をしようと、トイレに行くのを我慢している。呼び出し音は五回ほど鳴って、あっさりと留守電に切り替わった。携帯を耳につけたまま、「留守電」と首をふると、一気にテンションが下がったらしい広志もすっと立ち上がってトイレに向かう。

テンションが高いままなら、留守電にメッセージの一つも入れるのだが、ぽつんと残されたカウンターで、「小野ちゃ〜ん、元気？　今、広志と大阪で飲んでんだけどさ〜」と弾《はじ》ける気力はない。

電話を切って、カウンターに置いた。時計を見ると、すでに十二時を回っていた。トイレから戻った広志と、最後にもう一杯と決めて、カウンター内にいるあんちゃんに声をかけた。見渡しても、名札をつけた女の子たちがいないのだ。

しばらくして、焼酎を持ってきたのは三十代後半らしき、やけに色っぽい女だった。今までどこに隠れてたの？　と酔った広志が尋ねると、「もう一軒のほうに行っててん」と笑いかける。

広志の尋ね方がどこか馴《な》れ馴れしいと思っていたが、話を訊《き》けば、前回来たとき、店がそれほど混んでおらず、席を並べて一緒にしばらく飲んでいたのだという。女も広志のことを覚えていたらしい。

「こいつ、高校のころの同級生」

広志がそう紹介すると、「あら、じゃあ福岡から？」と女が訊いてくる。

「いや、今は東京。昨日、福岡で法事があって、その帰りに大阪に寄って、明日はもう飛行機で東京」

呂律《ろれつ》が回らなくなっていたわりには、広志がすらすらと代わりに説明してくれる。

「ほんま？　なんや行ったり来たり大変やねぇ」

突っ立っている女に、「座れば」と、広志は自分が座っていた席を空けた。女はちらっと店内を見渡して、ほとんどの客が帰ってしまっていることを確認すると、「そやねぇ。じゃ、ちょっと私も飲ませてもらお」と言うが早いか、カウンター内で洗い物をしているあんちゃんに、「マモルくん、私に泡盛ロックでちょうだい」と声をかけ、広志が座っていた椅子《いす》に腰かけた。座ると、女の口元からほのかに酒が匂った。もう一軒の店とやらでも飲んできたという。女の話では、二軒の店を姉妹で切り盛りしているらしい。

とりあえず乾杯してトイレに行って戻ってくると、何やら広志と女がいい感じで肩を寄せ合っていた。

正直、同性の目から見ると、広志という男はそうモテそうにも見えないのだが、悔しいことに、女には何かしら感じるところがあるらしく、わりと切れ目なくいつも女がいる。自分からその手の話をまったくしないので、最終的にふられているのか、ふっているのか知らないが、どちらにしても、広志にしてみれば、「次がある」という自信があったのは間違いない。昔、広志のことをタイプだと言う女に、「あんなののどこがいいわけ？」と、悔し紛れに訊いたことがある。女はしばらく考えて、「とっても平凡な暮らしなんだけど、幸せそうにしている将来の自分が目に浮かぶのよね」と言った。

また、もう何年も前になるが、一緒に飲んでいるときに、広志のほうはこんなことを言っていた。

「俺さ、なんか自分が平凡に思えるんだよな。だからかな、付き合う女には派手なのを求めちゃうんだよな」と。

広志の不幸はここにあると思う。広志はいつも派手な女を口説く、派手な女は広志に安定した何かを求める。ヒョウ柄のパンプスを履かせたい男と、ヒョウ柄のパンプスをそろそろ脱ぎたい女。

アルバイトの女の子たちも全《すべ》て帰って、焼酎バーの店内にはほとんど客もいなくなった。広志と女は相変わらず大阪のうまい寿司屋の話で盛り上がっており、正直、横にいると一人だけ酒が進んでしまう。広志も女もそうとう飲んでいるので、笑ったり、肩を叩《たた》き合ったりするたびに、どちらかが椅子から転げ落ちそうになる。女はいよいよ酔ってきて、皿に残っていたそらまめを、「はい、アーン」と広志の口に運び、思い出したようにこちらにも、「はい、アーン」とくる。「アーン」と言われると、つい口を開けてしまう自分も悔しいが、嬉《うれ》しそうにもう一つねだる広志にはかなわない。いつものことなのか、厨房《ちゅうぼう》の掃除を始めたあんちゃんも、そんな女オーナーを穏やかな笑みで見守っている。

「ところで、東京にはもう長いの？」

あまりにも気を遣わずに悪いと思ったのか、女がとってつけたように尋ねてくる。

「長いよ。大学からだから、もう二十……、二十年？」

思わず素っ頓狂な声が出た。椅子を立った広志がその声に笑いながらトイレへと向かう。その瞬間、「え？　ってことは私たち、タメ？」と女が手を叩く。

「マモルくん、このお客さんたち、私と同級生なんやて！」

女がそう言って、真面目《まじめ》に厨房を掃除しているあんちゃんを呼ぶ。視界の端に、トイレに向かっていた広志の足が、一瞬パタリと止まったのが見えた。

「ねぇ、ってことは申年《さる》？」

女が興奮して訊いてくるので、「そう、申」と頷いた。

「へえ、そうなんや。ねぇ！　マモルくん！　この人たち私と同級生なんやて！」

女の声にマモルくんが、「そうなんすか」と、見るからに興味なさそうな笑みを返し、「すいません、ちょっとだけ、これいいっすか？」と、何やら売り上げ表らしい紙をヒラヒラと揺らしてみせる。

女はカウンターを支えにふらふらと立ち上がり、厨房のほうへ歩いていった。奥のテーブル席に残っていた最後の客が帰り支度を始めている。女は厨房に入ると、あんちゃんから紙を受け取り、何やら熱心に書き込み始めた。

トイレから戻ってきた広志に、「次、何飲む？」と尋ねると、「いや、そろそろ帰ろう。ちょっと眠うなってきた」と首をふる。ついさっきまで「はい、アーン」と喜んでいた男が、とつぜんテンションを下げている。トイレで嫌なことでもあったのか、そうでないとすれば……。

「お前、今、彼女の年聞いて、一気にさめたやろ？」

椅子に座ろうともしない広志に小声で言うと、ちらっと厨房の女のほうへ目を向けて、「別に」と不機嫌そうな声を出す。

「いや、絶対、そう。いくつくらいって思うとったんや？」

面白くなって尻《しり》を突くと、「やめろって」と、一段と不機嫌になってくる。

ちょうど最後の客の勘定を済ませたあんちゃんが戻ってきたので、「こっちもお勘定を」と頼んだ。相変わらず、女は厨房で売り上げ表とにらめっこしている。

「ほんとに帰っていいとや？」

わざと真面目な顔で訊くと、椅子に座りもしないで広志は、「ああ」と無愛想に頷いた。

店を出るとき、女が厨房から出てきて、「また来てね」と握手を求めてきた。

「そんじゃ、また」

「ごちそうさま」

明るく手を振って、店を出た。なんとなくまだ見送っているかと振り返ってみたが、女はマモルくんを呼びつけて、玄関先に置かれた看板の位置を変えろと指示をしていた。

「しっかし、お前も相変わらず判《わか》りやすい男やねぇ」

閑散とした通りを、ふらふらと歩きながら広志の背中を叩くと、「何が？」と同じようにふらふらしながら訊き返してくる。

「そう言えば、清美が言いよったもんなぁ。広志くんは、女の子の年齢で好きになるって」

「そんなことないって。……ただあさ、なんていうか、正直、この年で同級生ってきつうないや？」

人通りの減った北の新地で、広志がぽつりと本音をこぼす。

通りかかったタクシーを拾ってホテルに帰った。本来なら広志はここから電車で一時間ほどかかるという寮へ帰る予定だったのだが、ホテルがツインルームだったので、泊まっていくことになっていた。

ホテルに戻ると、仕事のファクスが一通届いていた。酔った目には読むのもつらい見積もりで、それでも懸命に確認した。広志の携帯が鳴ったのはそのときで、すでにベッドに倒れ込んでいた広志が出ると、なんと小野ちゃんからだった。

「久しぶり。元気？ ……そう、先月から大阪勤務。……え？ マジで？」

倒れ込んでいた広志が起き上がり、「小野くん、今、大阪におるって」と目を丸めながら携帯を差し出してくる。

「もしもし？ 小野ちゃん？」

広志の携帯を受け取り、そう尋ねると、ひどくうるさい場所にいるらしい小野ちゃんが、「もしもし？ え？ 誰？」と大声で訊いてくる。

「俺、俺！」

叫び返すと、「え？ なんで？ そこ、どこ？」と混乱している。

「大阪。さっきまで広志と飲んでてさ。今、ホテルに戻ってきたとこ」

「マジで？ 俺も今、大阪」

「なんで？」

「いや、なんでって、それを話すと長くなるんだよね〜。そっちはなんで大阪にいんの？」

「昨日、法事で福岡に帰ってて、たまには広志と飲もうかと思って、その帰りに
……」

「え？　何？　法事が何？」

人のことは言えないが、小野ちゃんも相当飲んでいるらしい。

「小野ちゃん、今、どこ？」

大声で尋ねると、「今、クラブ！　踊る方じゃないほう！」と叫ぶ。

「一人？」

「いや、正樹と一緒！」

「正樹って、あのヨン様グッズの？」

「ハハハ。そうそう。そのヨン様グッズで儲《もう》けた金で、今さ、北の新地で豪遊中！　あっ、またピンドンあけた！　店、もう終わりだって！　……いやぁ、もうメチャクチャだよ。あれ？　俺さ、今、立ってんの？　転んでんの？」

アハハ、アハハと、そうとう小野ちゃんのテンションは高い。

「北新地って、俺らもさっきまでそこにいたのに！」

シーンと静まり返ったホテルの部屋で大声を出す自分の姿が、ガラス窓に映っている。

「マジで？　今どこ？」

「だからホテル！」

「どの?」

「梅田? ウェスティン」

「マジ? 俺ら、ヒルトン! 近くない? 俺さ、これからちょっと行こうかな」

「どこに?」

「いや、だからそこ、ウェスティン!」

「いいよ。俺ら、もう寝るって」

「すぐすぐ。すぐ行くって。もう無理。ここで飲んでんの、ほんと無理!」

プツッ。

「小野ちゃんが今から来るって」と言いながら携帯を広志に投げ返すと、「ヨン様グッズの正樹って何?」と訊いてくる。

「小野ちゃんの友達」

一度しか会ったことはないが、やけに羽振りのいい男だった。もともと何をしていたのか知らないが、数年前に脱サラし、しばらくバンコクで遊んでいたらしい。その際、現地の知り合いが勤める会社の倉庫に、大量の韓流グッズが売れ残っているのを見つけた。日本ではまだ韓流ブームにやっと火がつき始めていた時期、彼はほとんどただ同然の値段でそれら韓流グッズを買い取って日本に送り、インターネットで販売を始めたのだという。販売を始めたとたんに日本では猫も杓子《しゃくし》もヨン様、ヨン様。グッズは飛ぶように売れていった。ぶっちゃけ、軽く一億は儲けたらしい。今では大きな事務所を借り、社員を雇って、韓流グッズ以外の商品も取引しているという。

ここまで話してやったところで、広志がまったく聞いていないのに気づいた。ベッドに腰かけて目は開けているが、完全に話の内容は理解していない。そうこうしているうちに、本当に小野ちゃんがやってきた。酔って時間の感覚がおかしくなっているのかもしれないが、電話を切って十分も経《た》っていないような気がしたのに、実際には一時間ほど経っていた。

「今、ロビーにいる」というので、部屋の番号を教えると、ドアの向こうにいたのではないかと思えるほどの早さでやってきて、部屋へ入ってくるなり、「な〜んで大阪にいるの？　君たち」と、踊るほうじゃないクラブの盛り上がりを引きずっている。

ドレスを着た女の子たちに囲まれてピンドンを開けていたところから来たから仕方はないが、さすがにそのままの盛り上がりで、酔いつぶれた中年男二人が、さて寝ましょうか、という部屋にやってこられても対応できない。

テンションの高いまま、小野ちゃんは冷蔵庫から缶ビールを三本取り出して、ほとんど眠りかけている広志に一本、こっちに一本、自分に一本と配り回り、「さてさて、とりあえず乾杯！」と元気がいい。

「そんで？　なんで大阪にいるわけ？」

やっと椅子に腰を落ち着けて、缶ビールを開けた小野ちゃんに尋ねると、一口飲んだ小野ちゃんが、とつぜん破裂したように笑い出す。一瞬、気でもフれたかと思ったが、そのおかげで眠りかけていた広志が目を覚まし、「乾杯！」とかなり遅れた声を出す。

「実はさ、明日、お見合い」

小野ちゃんの言葉に、「お見合い？」と広志と二人で声を揃《そろ》えてしまった。

「そう。お見合い」

「大阪で？　小野ちゃんが？」

「そう。実はさ、親戚《しんせき》のおばさんがうるさくてさ」

「お見合いしろって？」

「結婚しろって。そんで、だいぶ前からお見合いの話持ってきてて、これまでは断ってたんだけど、なんていうか、今回ふと、お見合いも悪くないかなぁって」

「美人なんだ？」

「まぁ、そう」

「何やってる人」

「家事手伝いってやつ。ただ、微妙なんだよね。三十五歳まで独身」

小野ちゃんがそう言った瞬間、また眠ろうとしていた広志が、「ほら、ここにもいた！」といきなり声を上げる。

「え？　何の話？」

「いや、さっき広志とそんな話しててさ」

あれだけ飲んだわりに、渡されるとビールもまだ飲めてしまう。広志など、もう自分が何を飲んでいるのか分からないのか、さっきから水のようにがぶ飲みし、果てはもう一本冷蔵庫から取り出そうとする。

「ほのかさんって言うんだよね」

「は？」

「いや、だから明日のお見合いの相手、宮下ほのかさん……」

「気に入ってんだ？」

「いや、まだ会ってないからさ」

「写真ないの？」

二本目のビールを取り出した広志が、小野ちゃんのバッグを開けようとする。

「ないよ、ないない！」

バッグを奪い返した小野ちゃんも、広志につられて二本目のビールを冷蔵庫から出す。ドアの向こうを若いカップルの声が通り過ぎる。部屋の番号を忘れたらしい彼氏を、女の子が優しく叱《しか》っている。

「見合いはいいけどさ、なんで正樹くんが大阪にいるわけ？」

もう味など分からないくせに、冷蔵庫に並んだビールの銘柄を見比べている小野ちゃんに尋ねた。

「そうなんだよ。俺がさ、大阪で見合いするって言ったら、最近、大阪で遊んでないしって、面白がってついてきて……」

小野ちゃんがそう答えた途端、なんとなく明日の見合いはうまくいかないだろうと思った。

「ところで、どうよ、大阪？」

やっとビールを選んだ小野ちゃんが、広志相手に話し出す。時計を見ると、すでに三時を回っている。今朝、久しぶりの実家で早く起こされたので、眠くて仕方がない。二人が話し始めたのを機に、そっと洗面所にこもって歯を磨いた。ドアの向こうから近況を報告し合う酔っぱらいの声が聞こえる。

「あれ、あの子、どうなったわけ？」

何年か前に広志が付き合っていた彼女の話だろうが、小野ちゃんが名前を思い出せないのは分かるにしても、いつの誰の話をされているのか分からなくなっている広志はひどい。

冷たい水で顔を洗って部屋へ戻ると、小野ちゃんが誰かに携帯で電話をかけている。

「正樹くん？」と尋ねると、顔を歪《ゆが》めて、「そう」と頷《うなず》き、「あいつ、絶対起きないよ」と舌打ちをする。

窓際《まどぎわ》のベッドでは広志がすでに寝息を立てていた。

「正樹くん、もうホテルに戻ってんの？」

「戻ってる。……いや、マジで絶対起きないんだよな。あいつ酔っぱらって寝たら、マジで犬に嚙《か》まれても起きないかんね」

小野ちゃんはそう言いながら、また携帯を耳に当てた。部屋の鍵《かぎ》がないらしいので、正樹くんを起こさなければどうしようもないのだろうが、心配してやるにはあまりにも眠すぎる。

「俺さ、悪いけど、寝る」

一応、そう告げて、さっさと壁側のベッドに潜り込んだ。

更に悪いとは思ったが、眩《まぶ》しかったので電気も消した。消した途端、意識がすっと落ちていく。

木曜日に仕事を終えたその足で羽田へ向かい、最終の飛行機で福岡へ帰った。金曜日が祝日だったので、法事はこの日に予定していた。久しぶりに妹夫婦も熊本から戻っており、「疲れているから、俺は寝るわ」というわけにもいかず、家族で遅くまで酒を飲んだ。翌朝、七時には起こされて、墓参りを済ませてお寺に向かった。祖父の七回忌になるのだが、正直、ついこないだ葬式を出したような気がしてならない。ついでに坊主が説教するときに、祖父の名前を読み間違えたのも六年前とまったく同じだ。夕方から親戚一同でホテルへ向かい、「久しぶりねぇ」「お前は、まだ結婚しちょらんのか?」「彼女くらいはおるんやろ?」と、お酌をして回るたびにおじさんやおばさんたちに責められた。

かなり飲まされ、グデングデンで実家に戻った。ここ最近、仕事が忙しくてあまり寝ていなかった。その疲れと睡魔が一気に襲ってきたように、夜の九時には寝てしまい、妹の子供たちに朝七時に起こされたときにも、もう一晩、続けて眠れるほど眠かった。昼すぎに家を出て、新幹線で大阪へ来た。広志との約束は六時だったが、出るのが遅れたと嘘《うそ》をつき、急遽《きゅうきょ》、待ち合わせ時間を二時間遅らせて、その時間ホテルで寝ていた。ここ数年、バタバタ、バタバタと時間だけが過ぎていく。

地鳴りのような鼾《いびき》で目が覚めたのは、薄《うっす》らとカーテンの向こうに朝日が当たる時刻だった。隣のベッドで寝ている広志の鼾かと思ったが、どうも床の上から聞こえてくる。

からだを起こして見てみると、なんと小野ちゃんが床に毛布を敷いて眠っていた。

結局、正樹くんは電話で起きてくれなかったらしい。

ひどく喉《のど》が渇いていたので、水を飲もうとベッドを出た。あのあとまだ飲んだのか、冷蔵庫のビールがすべてなくなっている。ミネラルウォーターを出してゴクゴクと音を立てて飲み干した。

窓辺へ寄って、少しだけカーテンを開けてみると、澄み切った大阪の朝が見下ろせた。ソファの肘《ひじ》掛けに腰を下ろした。澄み切った朝からカーテン一枚挟んだこちら側には、中年男が二人寝ている。おまけに一人は床の上で。

ついこの間まで、広志は姉貴が結婚するまでは、俺は結婚しにくいな、と言っていた。なにげにモテる広志が、結婚を迫る女の子に対して使う言い訳の一つだろうと思っていたが、彼は彼なりに案外本気でそう思っていたのかもしれないと最近思う。

逆に、わりとロマンチストだった小野ちゃんが、お見合いまで考えているとは思わなかった。景気づけに正樹くんを大阪くんだりまで連れて来たのも、他人から見れば大人げないが、小野ちゃんには小野ちゃんの理想があり、その理想と現実の狭間《はざま》で苦闘する自分に、誰か味方が欲しかったのかもしれない。

今の世の中、結婚しない男など珍しくもない。ただ、結婚しない「男」だから許されるのであって、これが「男」でなくなったとたん、目も当てられぬ存在になる。もちろん男として生まれてきたからには、死ぬまで男であるに違いないのだが、男が男のままでいるのはなかなか難しく、この年になると、ちょっとでも気を弛《ゆる》めたとたん、「男」という称号をすぐに奪われてしまいそうになる。

小野ちゃんの鼾が収まったので、ベッドに戻って目を閉じた。まだ半分酔っぱらっているようで、すぐにまた深い眠りに落ちていった。

次に目を覚ましたのは、広志が浴びるシャワーの音でだった。ベッドサイドのデジタル時計は、すでに十時を示しており、床に寝ていた小野ちゃんも、ちゃんとお見合いに出かけたのだろう。乱れた毛布だけが残っている。

浴室から出てきた広志に、「小野ちゃんは？」と尋ねると、「俺が起きたときはもうおらんかったぞ」と言う。

シャワーを浴びて、ホテルをチェックアウトしたのは昼前だった。

「昼メシでも食うか？」と広志に尋ねると、「二日酔いで何も入らん」と断られた。駅へ向かうという広志とホテルの前で別れ、タクシーで空港に向かった。搭乗まで少し時間があったので、レストランでかつカレーを食べ、ぶらっとみやげもの屋を見て回った。

すっかり回復しているが、弘美は今週いっぱい病院で様子をみると言っていた。十日ほど前、疲労で倒れてしまったのだ。今回の法事や大阪旅行も中止するつもりでいたのだが、入院三日目には体調も良くなって、行ってくれたほうが気にしなくていいから、と言われ、ついでに弘美が五年前に購入した白金のマンションにある観葉植物に水をあげてほしいと頼まれた。

実際、日に日に弘美は元気になった。この半年で、三つも大きなプロジェクトを抱えていたので、倒れないほうがおかしいと、たまたま病室で会った弘美の部下は言っていた。

弘美と付き合ってすでに三年になる。結婚という言葉が互いの口から出ないというわけでもないが、弘美本人は明らかに現状維持を望んでいる。結婚してもいいが、結婚しなくてもいい。とても無責任な発言に聞こえるかもしれないが、それが弘美の本心なのだろうし、その気持ちが分からないわけでもない。

あれはいつだったか、レストランで一緒に食事をしていると、「最近ね、自分の将来を想像しても、そこに子供の姿がないのよね」と弘美が言ったことがある。何か深い意味があったのかもしれないし、ふとこぼれただけの言葉なのかもしれない。

年上の弘美に、これまで「子供が欲しい」と言ったことはない。気を遣っているわけではなくて、実際、欲しいとも思っていないからだ。

みやげもの屋をぶらぶらと歩いていると、ふとあるクッキーの箱に目が止まった。病院のベッドで本でも読んでいるだろう弘美に、これをみやげにしようと思った。弘美には夜の便で東京へ戻ると告げてあったが、見舞いに行こうと思って、急遽、午後の便に変更している。

クッキーの箱を手に取って、レジに運んだ。大阪城が描かれた薄いピンク色の包装紙には、柔らかい書体で「名菓・大阪ほのか」と書いてある。

24 Pieces

結局あなたには大切な人がいる。そばにいたいと思う人がいる。ぼくらの付き合いがいくら長くなっても、あなたと彼との長さには追いつけない。こんなしみったれたメールを送ってしまって三日が経《た》つ。まだ返信はない。たぶん、もうない。これで終わったんだと思う。

どうせ先がないのなら、何もかも壊してしまえと思う気持ち。脅迫者。裏切り者。自分自身が爆弾になったような気持ち。

彼女が暮らす町までの電車の経路を、ずっと頭の中で考えている。東京に彼女しか存在しないような感じ。東京に自分だけが存在しないような感じ。

どうしてあの夜、俺の誘いに乗ったんだ？　という言葉が頭から離れない。そうなりたいと思ったからだという、もう何遍も聞かされた彼女の答えでは満足できない。考えれば考えるほど、蘇《よみがえ》ってくるのは、事が終わって化粧を整える彼女の背中に、「誘ったのは俺だから」と言ったとき、「そんなの関係ないよ」と笑った彼女の言葉だ。こちらが思っている以上に、深い意味があったのだ。

あの夜、ホテルへ向かうまでの記憶がほとんどない。酔っていたのか、それとも忘れようとしているのか。

一週間の海外出張。不在にしていた時間で、何かが好転していればと願う気持ち。そして、この一週間の不在が、彼女に何かを決めさせてしまったのではないかという不安。

久しぶりに会ったMは、彼女の話をしなかった。いつもここで珈琲《コーヒー》を飲んでいるという日常を、ぼくが彼に告げないように。

「彼女、元気？」

「彼女？　ああ、最近仕事忙しいみたいだな。それはそうと……」

決死の覚悟でした質問は、北京オリンピックのメインスタジアムの話に流れた。

久しぶりに飲まないか、とMから誘いのメールがあった。彼女がMにあの夜のことを打ち明けたんじゃないかという期待と、殴られる覚悟。

一週間の上海《シャンハイ》出張が決まった。海外でも使える携帯に買い替える。

レストランを出ると、彼女はすぐにタクシーを拾った。

二人が初めて会ったときの思い出話。親友の彼女と、恋人の親友との出会い。Mにはもったいない彼女だと思っていたと打ち明けると、グラスの水を飲み干した彼女は、彼を裏切ってしまった自分が情けないと言った。

恋人を裏切ること。親友を裏切ること。どちらが罪深いのだろうか。今なら、恋人でも親友でも簡単に裏切れる。

親友であるあなたと彼の関係を壊したくないの。などと、彼女は馬鹿げた言い訳をしてくれない。そんな女性だからこそ、いつまでも吹っ切れないのだと思う。

あの夜、以来、初めて彼女と会う。ワインを選ぼうとすると、「私、今日は水でいや」と彼女は言った。それが彼女の答えなのだ。

千の偶発事を記述して、しかもそこから一行の意味を引き出すことも差し控えるような。 昨夜から読み始めた本の一文。

思った以上に感触いい返信メールが彼女から届く。会いたくて仕方がないと送ったメールに、〈食事だけなら〉という内容だった。

一日中、彼女のことを考えている。

彼女と入ったホテルの部屋は劣悪だった。二人でここに入ってしまったのは間違いなんだと、お互いに気づいてしまうほど劣悪だった。劣悪な部屋での忘れられない時間。

ひどく後味の悪い幸福感。

彼女は化粧を直した。慌《あわ》てているのに、慌てていないふりをしていた。「まだ電車大丈夫?」と尋ねると、「うん」と鏡越しに答える。その背中が後悔していた。「誘ったのは俺だから」と言うと、「そんなの関係ないよ」と彼女は鏡の中で笑った。

さっき、とうとう彼女にメールを送った。彼女に書いているはずなのに、Mの顔がちらつき、送るときにはまるで彼に送っているような、最悪の気分だった。

雨。強い雨。摑《つか》めそうなほど雨粒は大きい。

新人らしいウェイターの動作が荒い。

週末の午後を過ごすカフェで、いつもの珈琲を注文すると、最近、金色の紙に包まれた薄いチョコレートが二枚つくようになった。以後、退屈しのぎに、この紙の裏側を文字で埋めていくことにする。

灯台

ついこの間まで蔦《つた》の絡《から》まる古い屋敷が建っていた。いつの間に取り壊されたのか、煌々《こうこう》とライトを浴びるその場所が、時間貸しのコインパーキングになっている。通るたびにでかい家だなと思っていた。誰も住んでいないようで見るからに気味が悪かったが、でかい家には違いなかった。それがコインパーキングになってみると、縦に三台、横に三台、L字に配置されただけのスペースしかない。どんな磊落《らいらく》な金持ちが放置している土地なのかと思っていたが、夜道にぽっかりと浮かんだこのパーキングを眺めると、バブル期に分不相応な仕手戦に手を出して夜逃げした一家の光景さえ浮かんでくる。それにしても一台も車の入っていないパーキングを照らすには照明が強すぎる。アスファルトに引かれた白線が、まるで舞台の床に貼《は》られたビニールテープのように見えてくる。ここにソファを置いて、このドアから主役が登場し、そこに置かれた死体に気づく。そんな陳腐な芝居の舞台だ。たしかこの路地の先で、去年、金木《きんもく》犀《せい》が香った。一緒に歩いていたのは誰だったか、住宅地の中でとつぜん香ってきた金木犀を探し回った記憶がある。今年はもう散ってしまっているだろう。さっき見ていた天気予報で、明日は木枯らし一号が吹くという。素足に草履をつっかけて出てきたせいで、ときどき地面に触れる踵《かかと》が冷たい。街灯を銀杏《いちょう》の枝が覆《おお》っている。枯れた葉がライトに照らされてその葉脈まではっきりと見える。

「金木犀、銀杏、葉脈って、そんなもんに興味あったっけ？」

街灯の下を通り過ぎて、足元に二つの濃い影が伸びる。影はゆるやかなのぼり坂に、立ち上がるように伸びていく。都心の住宅地のわりに街灯は少なく、日曜日の夜のせいか、遠くを走る電車の音がかすかに聞こえる。興味があるから口にするわけではない。興味があるから目が向くわけでもない。興味がなくても口にすることで自分を守れることもあれば、興味がないからこそ口にして自分を分かりやすく見せることもある。

「野球は？　相変わらずぜんぜん興味なし？」

横を歩く連れに訊《き》かれて、「野球？　そんなことより、もっと他に訊きたいことあるだろ？」と言い返した。連れは、「そりゃ、あるけどさ……」と答えたきり黙り込む。

「そう言えば、昨日、床屋で聞いてたラジオに糸井重里が出てたよ。熱烈な巨人ファンだって話してた」

同じ体型のはずなのに、歩き方が微妙に違う。単に年齢的なものか、それともいつの間にか歩き方が変わったのか。

「糸井重里？　ああ、NHKの『YOU』で司会してる人？」

「ああ、そうそう。あの番組見てたっけ？」

「俺？　ぜんぜん。あの手の一匹狼《おおかみ》の集団に興味なかったろ？」

「そうだっけ？　そんな斜に構えてたかな？　……とにかく、あの人も今じゃ、自分の会社作って、社長だって」

「誰？」

「だから、その糸井重里」

なだらかな坂は、のぼり切ったところで左に折れる。ブロック塀の向こうは小学校の校舎で、三階に一室だけ明かりのついた部屋がある。あれは中学に入学したばかりのころだったか、水谷や朝丘たちと夜の校舎に忍び込んだ。肝試し気分で焼却炉のほうへ入り込むと、不気味な校舎の壁に生首が六つ並んでいた。悲鳴も上げずに三人で逃げ出した。互いのシャツを引っ張り合い、越えて来たばかりの校門をまた乗り越えた。翌朝、恐る恐る確認に行くと、日を浴びた校舎の壁にベニア板が立て掛けてあり、そこに選挙用のポスターが六枚並べて貼ってあった。前の週に行われた市議会選挙のものだった。三人で腰が抜けるほど笑って授業に戻った。この笑い話をその後いろんな場所で披露した。中学のときはもちろん、高校でも大学でも、みんなで集まって怪談になると、好んでこの話で笑わせた。未《いま》だにふと思い出し、酒の席で話すことがある。まさかこんな幼稚な話をその後二十五年も語り継ぐとは、当時思ってもいなかった。決してこの話が秀逸なわけではない。とすれば、二十五年という歳月が、当時の予想に反して、恐ろしいほど短かったということになる。

　小学校のブロック塀沿いに歩いて行くと、路地は小さな児童公園に突き当たる。事故でもあったのか、入口にある自転車止めの鉄の柵《さく》が、奇妙な形にねじ曲がっている。いつもいる女性ホームレスの姿はない。昼間は大人しいが、子供たちのいない朝と夕方は、公園を通り抜ける人々に、「すいません、百円だけお願い」と必ず声をかけてくる。毎日通る人にも、たまたま通りかかっただけの人にも、廉恥《れんち》なく同じ言葉で金を無心する。

　児童公園の入口に掲示板が立っている。二枚貼られたポスターの一枚に、「日本婦人有権者同盟　創立60周年」と書かれている。

「俺が十七歳でそっちが三十七歳ってことは、その間はちょうど二十年ってことだ。六十年の三分の一。三分の一でも気が遠くなりそうに長いな」

横で同じようにポスターを眺めている連れが言う。

ポスターの細かい文字は暗くてよく見えないが、代々木の会場で記念会が開かれるらしい。六十年前のある一瞬、女性に参政権が与えられた。それまでの活動は気が遠くなるほど長い月日に違いない。ただ、制度が変わるのはある一瞬だ。長い長い直線にできた小さな点。その点を境に伸びていく直線の意味は180度変わる。あれは何の番組だったか、粗い白黒の映像で、婦人参政権を求める抗議活動として、ある女性が隊列を組んで疾走する馬車に飛び込む映像があった。イギリスだったか、フランスだったか、とにかくヨーロッパの風景で古い映像にありがちな齣《こまおく》送りの早いものだった。疾走する馬車列に沿道の群衆が手を振っていた。その中の一人、バルーンスカートをたくし上げた若い女性がとつぜん馬車に飛び込んだのだ。ナレーションは車輪に巻き込まれた女性が即死だったと伝えた。このドキュメント番組を見たのと、天安門事件で戦車の前に立ちはだかった青年の映像を見たのとでは、どちらが先だったか。こちらの映像は馬車時代のフィルムと違って鮮明だったが、それでもあれからすでに二十年近くが経《た》っている。今ならもっと高画質で目にすることになるのだろう。高画質と言えば、初めて見たノーカットのポルノ映画も、ダビングにダビングを繰り返された、恐ろしく画質の悪い代物《しろもの》だった。ああいう画質で初めてポルノを見た世代と、今のように高画質で初めて見る世代では、何かが違ってくるのだろうか。

「どんな映像で見るかより、自分が何を見たいかじゃないの？　それより二十年で変わるのは、結局、画質だけってこと？」

呆《あき》れたように連れがそう呟《つぶや》いて掲示板の前を離れる。そうなのか。二十年で変わったのは画質だけで、同じ映像がよく見えるようになっただけなのか。

「そう言えば、先週、『カポーティ』って映画観たよ」

歩き出した連れの背中に声をかけた。

「カポーティ？」

「まだ読んでないよな？　とにかく映画はわりと面白かった。『冷血』って小説を書いたときのことが題材になってるんだけど、カポーティは犯人が死刑になることを最後に望むんだ。自分に似ているからこそ深入りしていったくせに、その犯人の死を望む。理由は死刑にならないと小説の結末が書けないから。で、犯人は死んで、カポーティは小説を完成させる。ただ、この作品のあと、何も書けなくなったらしいよ。で、死後、未完成のまま残った小説のタイトルが『叶《かな》えられた祈り』」

「そう言えば、この前、学校の図書館で詩集読んだよ。読んでてかなり興奮した一節があったんだけど、覚えてる？」

「どんな？」

「私の一生は嵐のようなものでした。ときどき日が差すことはありましたが。たしかこんな感じ」

「ああ、それだったら覚えてる」

「そうか。覚えてるんだ……」

連れが不満そうに呟いたので、「悪い意味じゃないぞ」と教えてやった。

「悪い意味って？」

恐ろしいほど真剣な顔で訊き返してくる。

「何が知りたいんだよ？」

思わず言い返した。

「そっちこそ、何を知らせたいんだよ」

挑戦的な言葉が返ってくる。

知らせたいこと。今だから知らせてあげられることなどあるだろうか。お前はアメリカに留学しない。大学生活はさほど楽しいものにはならない。そこそこ友達はいる。

二十四歳のとき、ぎっくり腰になる。その夜、無理してデートに出かけ、車の中での行為中に激痛が走り、救急車の世話になる。その後腰痛は持病となる。母親の死に目に会えない。無頼気取りの暮らしのせいで、危篤《きとく》の報が届いたとき、手元には地元へ戻る飛行機代はおろか、隣町へ行く電車代もない。

いや、こんなことじゃない。こんなことは相手の知りたがっていることじゃない。もちろん母親との別れがそんなに早く訪れると知れば、ショックは大きいかもしれないが、残念ながら彼にはあの悲しみを想像することができない。あの悔しさと悲しみを知っていれば、何か手を打つだろうが、あの悔しさと悲しみをまだ知らない彼に、今、どんな手を打ってくれと頼むつもりか。

児童公園から伸びる小道は、その先で表通りに突き当たる。街灯に照らされた一本道に、大小さまざまなマンホールの蓋《ふた》がある。普段、意識しないので気づかなかったが、その数は驚くほど多い。去年の夏、スイスのバーゼルでヘルツォーク&ド・ムーロンの初期作品である集合住宅を見た。写真集では何度も目にしていたが、まさかあの美しいファサードがバーゼル市の排水溝の蓋と同じデザインだったとは知らなかった。写真集で見とれていたものが、街のどこを歩いても足元に敷いてあった。

「もし、俺に何かしておいて欲しいことがあれば聞くよ」

足元のマンホールを踏みながら表通りへ向かっていると、また話が逸《そ》れそうな気配を感じ取ったらしい連れが、とつぜん焦《あせ》ったように訊いてくる。

「しておいて欲しいこと？」と訊き返すと、「そう。もしあれば何でもするよ」と真剣な眼差しを向けてくる。

昔、眠れない夜に、こんなことを空想した。未来からやってきた自分に質問をしていい。浮かんだときは楽しそうな空想だと喜んだのだが、いざ質問を考え始めると、ひどく混乱した。質問の答えの重大さに改めて気づいたからだ。味方であるはずの未来の自分が敵に見えた。楽しそうだった空想が、いつの間にか悪夢に思えた。

表通りに出ると、広い道路で信号機だけが変わり、まるで街中から人が消失してしまったように見える。遠くから空車のタクシーが一台近づいてくるが、それも遠くの信号に止められてしまう。横断歩道を渡ると、アスファルトの渓谷に白線の橋が架けられているように見える。

「そう言えば、あれ怖かったよな？」

白線を踏んで歩く連れに声をかけた。

「怖いっていうか、未だに思い出すだけで妙な気分になってビクビクする」と連れが笑う。

「たしか高一の夏だよな？」

「そう、去年の夏。まだ十五歳」

高岡たちと市内のディスコに行った帰りだった。バスも電車も終わっていたので、汗だくでタクシーに乗り込んだ。車内は一瞬で汗が引くほど冷房が効いていた。運転手が見るからにやくざ上がりの男だった。行き先を告げても、男は返事もせずに車を出した。そのハンドルさばきがひどく苛立《いらだ》っていた。おとなしく座っているだけなのに、『兄ちゃん、いい身分やなぁ』から始まって、『親の金で夜遊びか？　まだチンポの皮も剝《む》けとらんくせに』などと何かとイチャモンをつけてくる。市内からの道は港を渡って進むにつれ、倉庫が建ち並ぶ寂しい場所になる。男の質問に、とりあえず「いえ」「別に」などと答えていたが、その答え方が気に入らないのか、男の声は殺気立ってきた。恐ろしくなり、「あの、そこのバス停でいいです」と男に告げた。家までは遠かったが歩いて帰るほうがましだった。そこでいいと言ったのに、男は車を止めなかった。逆にアクセルを踏み込んだ。あまりの恐怖で声も出なかった。すると男はとつぜん急ハンドルを切り、海沿いに並んだ倉庫街に車を入れた。車が停まった場所から海は見えなかった。横には真っ暗な倉庫が口を開けていた。咄嗟《とっさ》に逃げようとすると、運転席からにゅっと男の腕が伸びてきて、汗の乾いたシャツを摑《つか》まれた。胸ぐらを強く引っ張られ、すぐにシャツのボタンがいくつか千切れた。圧倒的な力だった。普通の拳《こぶし》なのに、大型ショベルで押さえつけられているようだった。

「ガキのくせに、夜遊び帰りにタクシーか？」

身を乗り出してきた男の拳が、ガツン、ガツンと胸を殴った。男の質問に弱々しく首をふるだけで、正直、息をするのも恐ろしかった。逃げ出そうとはするのだが、男の目から視線を逸らすこともできなかった。

「今から十年くらい前かな、お前、タクシーの無賃乗車するぞ」

横断歩道を渡った場所に、クレジットカードのＡＴＭがぽつんと立っている。ＶＩＳＡ、ＵＣ、ダイナース、有名なカードのシールに混じって、消費者金融のシールも並んでいる。

「無賃乗車？　なんで？」

連れはＡＴＭの前で唾《つば》を吐く。

「入ったばっかりの会社で歓迎会があって、そこで飲み過ぎたんだよ。相変わらず八方美人だから、そういう場だと無理に飲んじゃうだろ。それでみんなと店先で別れて、気がついたら雑居ビルの階段で眠ってて。とにかく気分悪くてさ。寒い夜でからだはガタガタ震えてくるしさ。でも財布の中、金なんか入ってないんだよ。始発まで待つしかなかったけど、ほんとに吐いても吐いても気分悪くてさ」

　金がないのにタクシーを拾った。人の良さそうな運転手だった。当時住んでいたアパートのかなり手前でタクシーを止めた。「部屋に戻ってすぐ金持ってきますから」と運転手に告げると、「はいはい」と笑顔で送り出してくれた。見知らぬアパートの敷地に入って、並んだ玄関ドアを素通りした。タクシーから見えなくなると、裏の塀をよじ上り、反対側の路地に飛び降りた。路地の先に本当のアパートがあった。また塀をよじ上り、自分の部屋へ逃げ込んだ。部屋に戻ったところで金などなかった。布《ふ》団《とん》に潜り込むと、耳を塞《ふさ》いで目を閉じた。すぐそこで待っている運転手に、心の中で何度も何度も謝った。本当に気分が悪かった。胃はムカムカして、目が回った。大勢に囲まれて、蹴《け》られているような気分だった。二千数百円という金額が、はした金にも、もう取り返しのつかない大金にも思えた。翌日、通りにはタクシーはなかった。ほっとした反面、車を降りて自分を探しまわっていたかもしれない運転手の姿が浮かび、その場に土下座して謝りたい気分だった。

　表通りを横切ってしまうと、また住宅地が広がっている。小高い丘にあるせいで、通りにぶつかるように伸びている横道は、すべてこちらに向かってののぼり坂で、1ブロック歩くごとに、建物の間から眼下に風景が広がる。

「この週末、何してた？　そもそも週末ってどうやって過ごしてたんだっけ？」

一歩前を歩く連れの背中に尋ねた。

「週末？　いつも一緒。土曜日は九時からバスケ部の練習に出て、昼からみんなでお好み焼き食いに行って、そのあと、大野が二組の武田に告白するから付き合ってくれって頼まれて、武田んちの近くのバス停で三時間も待たされた。結局、七時ごろだったかな、武田が部活の練習終わってバスで戻ってきたの。覚えてる？」

「覚えてる」

なかなか帰ってこない武田を待ちくたびれて、「先に帰るぞ」と言うと、緊張していた大野は手を合わせて一緒にいてくれと懇願した。バス停のベンチに二人並んで、北風にからだを震わせていた。ふられてもいいんだと大野は言った。逸見《いつみ》政孝《まさたか》というアナウンサーは、高校のころ好きな子にふられたのをバネに、受験に成功したのだという話を繰り返していた。大野が武田と付き合いたいのか、志望校に受かりたいのか、いったいどっちなのか分からなかった。

「日曜日は？」

「今日？　今日は昼から部活だったから、直前まで寝てて、部活終わって家帰って、ちょっと数学の問題集解いて、昼寝してたら晩飯できてて……」

「ハンバーグ？」

「そう。草履みたいにでかいハンバーグ。それ食って、風呂《ふろ》入って、柳田から電話あったんで一時間くらい喋《しゃべ》って、寝ようと思ったけど、目冴《さ》えてるし、面白いテレビないし、そんで今、抜け出してきたところ」

「そんな生活だったかなぁ」

「そんな生活だよ」

いくら寝ても眠いのに、日曜の夜だけは不思議と目が冴えた。性欲と呼んでしまえば簡単なのだが、そう簡単に言い切れない焦燥感で、部屋の四方の壁にピンボールのようにからだをぶつけたいような……。からだをぶつければぶつけるほど、自分はこういう人間なのだと、世の中に胸を張って宣言したいような気持ちと、膨張する自分の気持ちをいつ誰に針で刺されるかと恐れる気持ちが混濁した。こういう人間の「こういう」が、壁にからだをぶつけるたびに変形した。

「そんな夜は気分転換に外へ出るんだよ」

気がつくと、また連れのあとをついて歩いていた。表通りに背を向けて、ゆるやかな坂を下りていく。坂道には狭い敷地に建てられた細長い家が並んでいる。塀もなく、門もない。坂道にそれぞれの玄関が無防備に並んでいる。

たしかにそういう夜は外へ出ていた。パンツを穿《は》かず、柔らかなジャージだけで出た。歩いていると、妙な刺激があって気持ちよかった。狭い坂段を下りていく。坂段は墓地の中を抜ける。月明かりを浴びた墓石は、停電の摩天楼のように不気味で、供えられた花だけに色があった。ジャージのポケットに両手を突っ込んでも、性器に触れないように我慢した。歩きながら妄想《もうそう》していたのは、同級生の顔だったか、雑誌のグラビアで見つけたヌードだったたか。夜道で人にすれ違うことはなかった。墓地を抜け、寝静まった家々の中を歩いていく。世の中で、この時間、歩いているのが自分だけのような気がした。もしもどこかで誰かが歩いているのなら、どんな人でもいい、会いたかった。

「嘘《うそ》だね。あんたは誰にも会いたがってないよ」

横から声をかけられ、思わず坂段の途中で足が止まった。連れは気にせず急な坂段を下りていく。

「……会いたがってなかったはずだよ。思い出してくれよ。それに誰かに会う気があれば、あそこまで下りてたはずだよ」

眼下に市街地の明かりが見下ろせる。坂道は石垣の間を抜けるようにくねって、小学校脇《わき》の小道に出る。小道には目の高さに長屋の窓が並んでいる。手を伸ばせば、窓が開けられるほど近い。窓際《まどぎわ》に植木鉢が並んでいる家もあれば、割れたガラスにガムテープを貼《は》った窓もある。小道はそのまま神社の境内へと通じている。破れたフェンスがあり、生い茂った雑草に隠れた石段を下りると、境内に作られた児童公園に出る。誰もいない公園に、誰も乗っていないシーソーが二つ並んでいる。どちらともなぜか右側が地面についている。児童公園を抜ければ、市街地から神社へ上がってくる長い石段の上に出る。百段以上はありそうな石段で、この石段を下りたところに、一軒ぽつんと本屋があった。町外れで深夜まで営業している本屋だった。本屋の棚には一般書よりもポルノ雑誌のほうが多かった。こんな時間でも、客が数人立ち読みしていることがあった。レジにはいつもあずき色のセーターを着ているおばさんが立っている日と、アルバイトの若い男が立っている日があった。ポルノ雑誌はレジからよく見える棚に並んでいて、中でも欲しい雑誌はなぜか一番レジに近い場所に置いてあった。

今日、六本木でＤＶＤを買った。アウグスト・ザンダーという写真家を扱ったドキュメント映画だ。特に好きな写真家というわけでもなかったが、レジ脇の棚にぽつんと展示してあったので、なんとなく棚から手にとると、裏にこんな説明が書いてあった。「１９１０年代より、自分が出逢《であ》ったあらゆるタイプの人間の個性や特徴を記録しようと、ヴェスターヴァルト地方で人々の肖像を撮り始めたドイツ人写真家アウグスト・ザンダー。１９２９年、『時代の顔』という写真集がまとめられ、大きな評判となるが、『第三帝国には美しい人間しか存在しない』とするナチは、この写真集も印刷原版を廃棄……」

「この神社の石段を下りるとき、いつも目をつぶってたろ？」

先に石段を下りていく連れが振り返る。

「……目をつぶったままゆっくりと下りて……、そのときどんな景色を想像してたか覚えてる？」

百段以上はある石段で、目をつぶって下りるには、手すりに摑まって下りるしかない。目を閉じると、とつぜん懐《なつ》かしい景色が蘇ってくる。

「この下は海だ……」と思わず言った。

「そう。波が打ち寄せてる岩場。その先は真っ暗な海で……、でも、ときどき灯台の明かりが海を照らしてて」

「そうだ。灯台があった。どこにあった？」

「すぐそこだよ」

「どこ？」

「すぐそこだよ」

石段の手すりがひどく冷たい。一段下りるごとに、波の音が高くなる。岩場の向こうに小さな砂浜がある。その先に小さな灯台が立っている。灯台の明かりが暗い海の波濤《はとう》を照らし、夜空に浮かんだ雲を照らし、ゆっくりとこちらへ向かって伸びてくる。

キャンセルされた街の案内

駅前の放置禁止区域で自転車の鍵《かぎ》を堂々と切断している男がいた。ワイヤー製の鍵を切るには、握ったペンチは少し小さいようだった。それでも男は根気よく、何度も握り直して切断していた。駅前の人通りは激しかった。居酒屋やゲームセンターのネオンで辺りも明るい。通行人は眉《まゆ》をひそめて睨《にら》んで行くが、立ち止まる者は誰もいない。

その男が目についたのは、横顔が兄に似ていたからだ。ただ、すぐに別人だと分かり、そのまま通り過ぎようとしたのだが、男の手にペンチを見た。ぼくは自転車を捜すふりをして、男の行動を見続けた。深夜というわけでもない。人目を避けている風もない。もしも自転車泥棒なら、こんなに堂々とはしないだろう。しばらく眺めていると、歯を食いしばってワイヤーを切る男の姿が、鍵を失くして困っている持ち主の顔に見えてきた。スペアキーを持っていなかったのだろうか？　いらぬ心配をしながらも、目を逸《そ》らさずに見続けた。男の背中は汗でぐっしょりだった。その時、パチンとワイヤーが切れた。見ているぼくまですっきりした。男は自転車に跨《また》がって姿を消した。

もやもやしてきたのはそれからだ。もしかすると、泥棒だったからこそ、悟られぬように堂々としていたんじゃないだろうか？　泥棒が泥棒らしくしているわけがない。偽者《にせもの》は、本物らしくしようとするから偽者なのだ。

部屋へ戻ると、さっきまで床で寝転んでいた兄の姿がなかった。また、駅前のサウナへ行ったのかもしれない。兄は、実家のある長崎から二日前にふらっと上京してきて、そのまま何をするでもなく、この部屋でゴロゴロしている。迎えに行った羽田空港の到着ロビーで数年ぶりに会った兄は相変わらずで、半日顔を突き合わせていただけなのに、兄のだらしなさを、改めて思い知らされた。その日は、ちょうど地元のお祭りで、駅前からの歩道には揃《そろ》いのハッピ姿の男女が、小さな神輿《みこし》を追ってだらだらと続いていた。兄が追い抜こうとすると、揃いのハッピ姿で気が大きくなっているのか、普段なら上司にペコペコしているような中年男が、「おい、兄さん、そう急ぐなよ！」と怒鳴った。兄は仕方なく、彼らのあとをついて歩いた。

「東京にも祭りのあるとなぁ……」と兄が聞くので、「祭りなんて、日本中どこにでもあるさ。お揃いのハッピ着て、デカか顔して……」と答えて神輿を見上げた。

「ハッピならよかけど、こげん人たちに軍服でも着られたら、たまらんなぁ」

兄は機嫌良さそうに笑っていた。

お祭り野郎たちが銭湯の前を左に折れて、やっとスムーズに歩けるようになると、今度は自転車に、チリンチリンとベルを鳴らされる。道を空けた兄を、自転車は苛立《いらだ》たしげに抜き去った。兄は「俺も、肩にベルつけようかな」と笑っていた。

いったん兄をアパートへ連れてきて、ぼくは夕方から会社に出た。再び戻ったのは、夜の十時過ぎだった。食いっぱぐれた夕食用に「からあげ弁当」とビールを買って戻ると、退屈そうにタバコの火で自分の臑毛《すねげ》を焼いていた兄が、物欲しそうな顔で弁当を見る。まさか兄が、何も食わずに待っているとは思わないから、弁当は一つしかない。

「弁当ぐらい、自分で買いに行けさ」

弁当屋の場所を教えると、今度は開き直って、「別に腹は空いとらん」と言いながら、それでもじっと箸先《はしさき》を見ている。

ぼくは背中を向けた。兄が座布団《ざぶとん》を丸めて枕《まくら》にし、ゴロッと横になるのが分かった。

狭い部屋だから、無精な兄の体は異様に大きく見える。

しばらくすると、「カップラーメンぐらいあるやろ？　なぁ、食パンでもよか……なぁ」と言い出し、狭い台所の棚をバタバタと開けたり閉めたりし始めた。

面倒臭くなって、結局ぼくは、兄の弁当を買いに出た。

こういう兄の自堕落さを見せつけられると、母やばあさん、もちろんぼくも、今まで兄を甘やかしていたと、つくづく思い知らされる。働きもせず、日がな一日、実家の離れで惚《ほう》けている兄に、誰一人として、どうして働かないのか？　と聞かなかったのだ。一度だけばあさんに、聞いてみろ、と言ったことはあるが、「なんで浮かんどるのって、雲に聞くようなもんたい」とばあさんは相手にさえしなかった。

兄のだらしなさを一言で説明するなら、「どうせ小便するんだし……」と、一日中ズボンのチャックを開けているようなだらしなさだ。広場に転がっているボールと言ってもいい。蹴《け》って下さいとばかりに、ぽつんと転がっている広場のボール。

買ってきた弁当を渡し、思い切って「いつまでいるつもりか？」と尋ねた。兄は薄笑いを浮かべ、「しばらくおるぞ。一ヶ月か、半年か……」と答えた。

「何日でも何ヶ月でも、ここにおるのはかまわん。けど、言うとくぞ！　何もせんで一日中、のらくらされたらかなわん。こっちで働かんなら、すぐ帰れ！　お母さんにも電話する……なぁ、よか機会やし、ここらで何かやってみろさ」

　驚いたことに、兄は神妙な顔をした。

「そうやなぁ……一生なんて、なんかするには短いけど、何もせんには、長過ぎるもんなぁ」

　偉そうなことを言ってる間に、一日でも働いてみろ、とぼくは言いたい。

「……ところで、これ何弁当や？」

「幕の内弁当」

　結局ぼくが伝えたのはそれだけだった。

　数年前、警察から電話があったのは、ぼくが東京へ出てくる一週間ほど前のことで、兄が怪我《けが》をしたからすぐに市内の病院まで来てくれ、というものだった。慌《あわ》てたぼくは、理由も聞かずに電話を切り、仏壇の前で洗濯物を畳んでいたばあさんに報告すると、壁に貼《は》ってあるバスの時刻表を見た。ばあさんが「タクシーを呼べ」と言ったのは、あとにも先にもその時だけだったと思う。タクシーの中で、どうして怪我をしたのか？　とばあさんに聞かれ、交通事故だと思い込んでいたぼくは、「聞かんやった……」と正直に答えた。理由も聞かずに電話を切り、悠長にバスの時刻表を調べたぼくの様子を思い返したのだろう、ばあさんは兄の怪我が軽傷だと思い込み、途中からタクシーのメーターが上がるたびに舌打ちをし始めた。

案内された病室に入ると、ばあさんはすぐにケチ臭い態度を改めた。倍ほどに膨らんだ兄の顔があったのだ。血こそ拭《ふ》き取られてはいたが、腫《は》れ上がった目元には黄色い消毒液が塗られ、傷口を覆《おお》ったガーゼは血が滲《にじ》み、鼻にはチューブ、額や首筋には蛭《ひる》が吸いついたように、太い血管が浮き出ていた。ばあさんは放心してパイプ椅子《いす》に崩れた。

病室に現れた警官の話によれば、二人の女と市内でボーリングをしていた兄は、車を取りに戻った暗い駐車場で数人の男から暴行を受けたらしい。男たちは、兄が来るのを車の陰で待ち伏せしていた。おそらく兄のことだから、ストライクを出した女に抱きついてキスしたり、女を膝《ひざ》にのせてスコアボードに記入したりしていたのだろう。兄のあけすけな行動は、弟のぼくでさえ閉口気味なのだから、他人で、その上男同士でボーリングをしていれば、口の中に唾《つば》が溜《た》まるような不快感を味わったに違いない。

おそらく兄は、男たちに囲まれた瞬間、訳も分からぬまま、とりあえず謝ったと思う。とにかく諍《いさか》いは避けて通ろうとするのが兄だ。

あれだけ顔が腫れ、後頭部に三針も縫う傷をつくったのだから、そうとう長丁場だったはずだ。顔を殴られ、転がって地面に倒れ、蹴られ小突かれ、引き摺《ず》られてまた蹴られ、その間、兄が何の抵抗もせず、終わるのをじっと待っている様子が、その場で見ていたように浮かんだ。

兄弟喧嘩《げんか》でもそうだった。ぼくがどんなに理不尽な理由で殴りかかろうと、兄は不気味なほど大人しく殴られ続け、その姿に怯《おび》えたぼくが、泣きながらまた殴ってしまう。子供の喧嘩は、もちろん泣いた方が負けになる。

入院してから四日目に、やっと兄は話せるようになった。ぼくを手招いて、ベッドの横に座らせると、苦しそうに腹を押さえて笑いを堪《こら》えながら、予想どおりの事件の詳細を語ってくれた。

「……でな、そのときのあいつらの顔っていうたらなかったぞ。俺を殴りながら、梅干しでも食ったような顔してさ、今にも泣きそうな顔で一生懸命殴ってきよる。たぶん、俺の顔がもう、血だらけやったんやろうな、バットを持って走ってきた奴が、俺の顔見てビックリしてな、ギャーって叫びながら背中を打ちつけよった。ギャーはこっちのセリフやなぁ……はは」

負け惜しみではなく、心から笑っているらしい兄は、子供の頃と同じ不気味さだった。

駅前のサウナから、兄が頬を火照《ほて》らせてこの部屋へ戻ってきた時、ぼくは自分で書いた小説を読み返していた。「なつせ」という二十四歳の青年が主人公で、きっこやきっこのお母さんも実名で登場する。これはハッピーエンドになるはずの恋愛小説で、「なつせ」と名づけた主人公は、歯痒《はがゆ》いぐらいお調子者だ。

「やっぱり風呂《ふろ》に浸《つ》からんと、一日が終わった気がせんなぁ、打たせ湯も泡風呂もあって気持ち良かったぞ」と、やけにご機嫌な兄を無視して、読みかけの小説を持ち、便所に入ろうとすると、「お前さっき駅前の自転車置場におったろ？」と兄が言う。

「なんで知っとる？」

「マクドナルドから見えた。何しよったとや？」

ぼくは「別に」と答えて、便所に入った。ドアの向こうから、「今日もベッドで寝てよかとやぁ？」という兄の甘えた声が聞こえ、怒鳴るように「ああ」と答え、原稿用紙を広げて便器に座った。

……いつものように、きっこのお母さんと、彼女の帰りを待っていた。九時近くなった頃、「今日は土曜日だよ。待ってたって帰ってくるわけないじゃないか、愚図愚図してないで、さっさと食っちまいなよ」と、テレビを見ているなつせをお母さんが呼んだ。夕食の準備のしてある六畳間へ入ろうとすると、「ビール飲むんだったら、冷蔵庫から持っておいでよ」と言う。台所へ行くと、「あたしのグラスも持ってきて」と声がかかった。

お膳《ぜん》の上では、寄せ鍋《なべ》がぐつぐつ煮立っていた。

「きっこ、まだ帰ってこないですかねぇ？」

手酌でビールを注ぎながら、なつせがそう尋ねると、きっこのお母さんは鍋を混ぜる箸をとめ、まじまじと彼を見て、「情けないねぇ、まったく」と嘆いた。

ちょうどテレビで『世界ふしぎ発見！』が始まる時間だったので、なつせは六畳間の小さなテレビをつけ、鍋の鶏肉《とりにく》を小皿にとった。

「今日、マチュピチュの特集なんですよ」

「マチュピ……？」

「マチュピチュ。インカ帝国の遺跡ですよ。これから、このクイズ番組で……」

「まったく……それが情けないってんだよ。いい若いもんが、土曜の夜にだよ、こんな所でクイズ番組なんか、嬉《うれ》しそうに見て」

お母さんはそう言って、自分のグラスにビールを注いだ。

「別に、ここに来なくても自分の部屋でも見るし……」

「だから、そういうことじゃないだろ、あたしが言ってんのは……。まったく、男なら男らしく筋を通せってんだよ。なんで、きっこがふらふら遊んでんのを、放っておけるのかねぇ」

「付き合ってるわけじゃないし……」

「だから、それがおかしいってんだよ」

お母さんは、いつも通りの愚痴を溢《こぼ》し終わると、「ちょっと味が薄いから、これ足しなよ」と、醤油の瓶をなつせに渡し、少しでも箸の動きが止まると、あれもこれもと、小皿に葱《ねぎ》や白菜を投げ入れてきた。

鍋の中身もあらかた片付いた頃、黒柳徹子でさえ正解できなかった古代の食に関する問題をなつせが当てた。お母さんは、「あら、すごいじゃない」と手放しで褒め、二人分の食器を重ね始めた。

「あんたも馬鹿じゃないんだねぇ」

「消滅した文明に関しちゃ、ちょっとうるさいんですよ」

「きっこもあれだよ……あんな妻子持ちの建築家なんかを追っかけてないで、とっととあんたとくっつきゃいいのにねぇ」

「仕方ないですよ。これぱっかりは、外野がとやかく言う問題じゃないし……」

「あんたも馬鹿だねぇ。あんたがとやかく言わないで誰が言うのさ」

もっともだとは思ったが、なつせは、「ごちそうさま」とだけお礼を述べ、残ったビールを飲み干した……

長時間、便所に閉じ籠《こ》もっているのを不審に思ったのか、とつぜん兄が便所のドアを叩《たた》き、「なんしよっとや？　腹でも壊したや？」と声をかけてきた。なんでもない、と答えると、「大丈夫や？」と心配そうに聞く。

「先に寝るぞ」

「……」

「電気消すぞ」

「うるさかなぁ！　便所に入っとるのに、話しかけるな！」

兄はなにやらぶつぶつ言いながら、便所の前から姿を消した。

ぼくが書いている小説は作り話ではない。実際にきっこたちは駅の反対側で暮らしているし、半年前に別れてからも、週末になると図々しく遊びに行った。小説に書かれてあることは全《すべ》て事実だ。ただ、この小説には書かれていないことの方が多い。ぶどう狩りでもするみたいに、傷のない熟れた房だけを、ぼくはこれまで摘んできたのだ。だとしたら、書かれたことが全て事実であろうと、結局それは完全ではない。全ての瞬間が欠落なしに書かれなければ、結局それは嘘《うそ》なのだ。ぼくがやっているのは、完全な現実からいくつか房を摘み取って、嘘として明日に残す作業なのかもしれない。

……なつせが勤める船会社へ、きっこは派遣社員としてやってきた。彼女を含む数人の派遣社員の歓迎会のあと、もう一軒飲みに行こうと誘ったのはなつせだが、誘わせたのは彼女の方だ。その後、きっこは半年の派遣契約を終了し、ある建設会社へと異動した。きっこが自分に惚れていると、なつせが実感したことはない。ただ、なつせが一方的に惚れている分にはかまわないらしく、こうやって無遠慮に彼女の家へ上がり込んでいても、文句一つ言われたことはない。お母さんの方は、多少なつせのことを気の毒に思っているようで、「嫌いなら嫌いで、ちゃんとそう言ってやりゃいいんだよ」と、たまに娘を叱《しか》っているらしいのだが、きっこの方は、「嫌いだ、嫌いだって言えば言うほど、好きになるに決まってるじゃない」と、自分と建築家とのことを重ね合わせて答えるらしい。

結局、『世界ふしぎ発見！』では、一問しか正解できずにテレビを消した。すっかりあと片付けを終わらせたお母さんが、「どうせ明日も朝っぱらから来るんでしょ？面倒だから泊まっていきなさいよ」と、押入れから布団を出し始めた。なつせは慌て、「いや、いいですよ！　そんなにご迷惑かけちゃ……」と断ったのだが、「今更なによ。散々《さんざ》っぱら、いけがましいことやっといて」と笑う。

その時、玄関が開いてきっこが帰ってきた。酷《ひど》く落ち込んでいる様子で、「ねぇ、電話なかった？」といきなり母親の顔を覗《のぞ》き込む。

「どうしたんだよ？」

「来なかったのよ」

「だから言っただろ。他人の旦那《だんな》なんかに懸想《けそう》するなって」

「だって……」

涙を拭いた痕跡《こんせき》のあるきっこに、「その人、携帯持ってないのかよ？」と、なつせが口を挟むと、彼女は敷かれた布団となつせを見比べ、「なに、とうとう泊まっていくんだ？」と鼻で笑った。

「ち、違うよ。お母さんが……」

なつせの言い訳などどうでもいいらしく、きっこは意を決したように、「行ってくる！」と、とつぜん声を上げた。

「行くって、どこに？」

「だから、彼の家によ。様子見てくる、心配だし……」

「お前も、ほとほと馬鹿だねぇ、今頃、奥さんや子供に囲まれて、ニコニコ笑ってるに決まってるじゃないか」

「誰も乗り込んで行くなんて言ってやしないでしょ！　ただ様子を……」

言い争う母娘を、なつせは枕《まくら》カバーの紐《ひも》を結びながら見守っていた。

「行く！」「行かせない！」の押し問答がしばらく続き、それでも出て行こうとした娘の腕をお母さんが強く摑《つか》んだ。

「あんたに向こう様の家庭を壊す権利はないよ！」

「嫌なの！　こんな終わり方、絶対に嫌なの！」

「みっともないよ！」

お母さんがきっこの頰を叩《はた》こうとしたその時、なつせは我慢できずに立ち上がり、「お母さん！　行かせてあげて下さい」と叫んでしまった。

きっこは、母親の腕をふり払って玄関から出て行った。

結局その夜、きっこは戻らなかった。気分直しにブランデーを飲み始めたお母さんに、なつせは十二時過ぎまで付き合った。

「たとえばあんたが、待ち合わせ場所に来なかったとして、あの娘があんなに心配すると思うかい？」

「……」

「あんた見てると、あたしゃそれが不憫《ふびん》でさ。たとえばあんたが交通事故かなんかで、ぽっくり逝《い》ったとするよねぇ、そん時、あの娘が涙ひとつ見せなかったら、どうするよ？」

「そんなぁ……」

きっこのお母さんは、酔うと葛飾《かつしか》にあった家を売り払った時の話をする。長年住んだ家を売り、新しくこのマンションを買ったのが、どれほどつらいことだったか、何度も何度も繰り返す。

原稿用紙をクリップで留め、使っていない便器に水を流した。部屋の電気は点《つ》けっぱなしだったが、兄はベッドで生真面目《きまじめ》な顔をして眠っていた。東京にあるこのワンルームマンションの部屋に、兄の姿があるのはとても不思議な感じがする。違和感というより、もっと重い何かだ。弁当を前に座っていた兄の姿は、まるで手足を切り取られているようだったし、ベッドで眠っている兄の顔は、一見、人を馬鹿にしているように見えて、実は死んでいるのではないか、と思わせる。

ぼくはなるべく音を立てないようにテーブルを片付け、押入れから毛布と枕を出して電気を消した。それにしても、この部屋にいる兄は、とても不自由に見える。

兄がこの部屋へ来て、すでに一週間がたつ。連日残業で遅かったから、ほとんど話らしい話はしていない。兄は相変わらずこの部屋で一日中ゴロゴロしている。仕事から帰ってきて、昼と夜、兄が食った二食分の弁当のかすがテーブルの上に並んでいるのを見ると、さすがに恨み言のひとつも言いたくなる。

仕事で疲れて部屋へ戻って、シャワーを浴びる気力もなく、外したネクタイで目隠しをして床に寝転ぶと、「ところで、お前、何の仕事しよるとや？」と兄が聞く。

「なんで？」

「いや、大変そうな仕事やなぁ、と思うて」

「仕事は何でも大変やろ」

自分でも嫌な喋《しゃべ》り方をしたと思い、「船会社で働きよる」と、すぐに答え直した。

「へぇ、船会社。……お前、子供の頃から船に乗るの好きやったもんなぁ……」

「船会社の事務ぞ。毎日、机で書類の整理ぞ」

「でもたまには乗ったりするやろ」

「するもんや。入社した時に、一回見学に行っただけ」

目隠しをしていたネクタイをほどき、勢いをつけて起き上がった。浴室に入って、シャワーのお湯を調節しながら、地元の港に浮かんだ白い切れ波止を思い浮かべた。


港内の遊泳はどんな理由であれ、一切禁止されていた。ただ、そんなことにはお構いなしに、岸に繋《つな》がれた船から飛び込んで切れ波止まで泳いでいると、ときどき「さいわい丸」の幸田さんが、小遣いをやるから船の掃除を手伝え、と声をかけてくることがあった。ばあさんの家へ引っ越した当初から、母が選ぶシャレた子供服を着て、おまけに愛想のないぼくや兄に対して、声をかけてくる町の者は殆《ほとん》どいなかった。唯《ゆい》一《いつ》「さいわい丸」の幸田さんだけが、町の暗黙の了解に無頓着な人だった。

港で幸田さんだけが、釣り客相手の瀬渡しで生計を立てていた。幸田さん以外にも漁船を持っている人はいたのだが、市内の釣具屋やタウンページに個人名で広告を出し、全ての仕事を独占していた。

幸田さんのところへやってくる釣り客は、その殆どが軍艦島へ渡ろうとする者で、丸、映画館下、桟橋、プール下などと呼ばれるそれぞれのポイントへ「さいわい丸」

を運航していた。

軍艦島は、ぼくたちが住む港の沖合十キロに浮かぶ元炭鉱の島で、最盛期には五千人以上の坑夫やその家族たちが暮らし、世界一の人口密度を誇っていた。地下には直下数百メートルにも達する鉱区、地上には五千人を収容する高層アパートが立体的に組み込まれた、世界でも稀《まれ》に見る人工の島だった。しかし、昭和四十九年の閉山後は、まったくの無人、廃墟《はいきょ》の島と化した。その容貌《ようぼう》が軍艦「土佐」に似ているから軍艦島なのだが、端島《はしま》というのが正式な名称だ。名前からして、石炭が見つかる前は、それほど重要な島ではなかったのだと思う。

「さいわい丸」で接近していくと、激浪を防ぐために島の周りを囲む防波堤が、難攻不落を誇る孤島の城砦《じょうさい》を思わせた。島内には朽ち果てた無人の高層アパートが林立しており、中には大正期に実験的に建てられた九階建や七階建のものも混じっている。軍艦島さえなければ、澄んだ空と海という、穏やかな風景なのだが、そこに浮かんだコンクリートの島のせいで、不気味で殺伐とした感じが迫ってくる。

条例上は、建物の老朽化を理由に島への立入りは一切禁止され、すべての門は閉ざされていた。釣り客たちは高い岸壁の外側にある僅《わず》かな場所で竿《さお》を垂らすしかなかった。ただ、一ヶ所だけ高い岸壁を越えるための梯子《はしご》が設置された場所があり、初めて来た釣り客は、必ず面白がって廃墟の島の探索へ出かけた。しかし、その不気味な雰囲気に尻込《しりご》みするか、単なる瓦礫《がれき》の島に退屈して、クロやマダイを狙《ねら》いに戻る。軍艦島に上陸し、何時間も喜んで歩き、写真を撮って廻るのは、都会からの観光客だった。どこで情報を仕入れてくるのか、彼らはひっきりなしに「さいわい丸」の幸田さんの元へやってきた。

幸田さんは、その手の客から渡しを頼まれると、日頃釣り客からは三千五百円しか取っていないくせに、「あの島へ渡すのは危険だし、法にも触れる。できればそっとしておいてあげたいんですがねぇ」と嘯《うそぶ》いて、一人あたり一万五千円の暴利を貪《むさぼ》っていた。実際、その手の観光客には、魅力溢《あふ》れる島だったと思う。「さいわい丸」に同乗し、島での冒険を終えた彼らを何度も迎えに行ったことがあるが、彼らは一様に興奮した様子で、廃墟が語りかける現代文明への呪詛《じゅそ》を聞いたなどと大袈裟《おおげさ》に騒ぐ者もいれば、切断された島民たちの生活から人生のむなしさを感じた、とため息をつく者もいた。

「独身坑夫の部屋だと思うんですけどね、壁に山口百恵のポスターが貼《は》ったままになってるんですよ。押入れの中にはビールの空き瓶が転がっててね……」

「学校の校舎も無残なものですね。床がはがれ、窓は割れ、狭いグランドに潰《つぶ》れたボールが転がっていたんですけど、あそこで遊んでいた子供たちの歓声が聞こえてきそうでしたよ」

幸田さんは、冒険を終えた彼らの言葉を一つ一つ熱心に聞き、「たとえ棄てられても、島には暮らしとった人がおる。あそこはいつまでも人間の土地ですよ」と芝居がかった声を出し、しっかり彼らの財布から、一人あたり一万五千円を受け取った。

そんなある日、「さいわい丸」のデッキを洗っていると、幸田さんが突拍子もないアイデアを持ってきた。ぼくに、軍艦島で産まれたことにしろ、今までのように客を軍艦島へ渡すだけではなく、お前も一緒に下船して島の中を案内し、ガイド料を取ろうと言うのだ。当時、誰からも小遣いを貰《もら》っていなかったぼくには、一回につき二千円という金額は魅力だった。

そうなると、多少は島のことを調べ、暗記しておかなければならない。ぼくは学校帰りにわざわざ市内の図書館まで足を運び、軍艦島に関する本を何冊か読んだ。借りた写真集には、まだ人々が生活している生きた軍艦島の写真も多かった。

高い岸壁の上を歩いて廻れば、十五分で一周できるほどの小さな島だ。そこに五千人が生活していたのだから、写真を見るだけでも息が詰まる。ほとんど空地がないため、子供たちは水を抜いたプールで野球をしていた。仕事を終えた坑夫たちが、真っ黒になった湯に浸かっている写真があった。一番湯、二番湯、三番湯と、湯槽《ゆぶね》は三つに分かれており、男たちは順番に浸かって黒光りした体を元の肌色に戻すらしかった。少しでも海がしけると、岸壁に波が跳ね上がり、隣接した高層アパートは容赦なく海水を浴びる。

島には映画館やビリヤード場などの娯楽施設もあり、床屋、市場、生活に必要なものは全て揃《そろ》っていた。島内だけで完結した一つの都市空間が凝縮され形成されていたのだ。島の歴史や様相は、あらゆる意味で日本列島の縮図とも言える。資料にはそう書かれてあった。

ただ、そういった知識は、島のインチキガイドとしてはそれほど必要ではなかったし、興味も湧《わ》かなかったから、ぼくはとにかく軍艦島の地図を広げ、どこに何があって、どこを通ればどこへ通じるのかを暗記した。

初めて軍艦島のガイドをすることになった前の晩だったと思う。ぼくは布団《ふとん》を敷いているばあさんを捕まえて、軍艦島のことで何か知っていることはないか、と尋ねてみた。もともと、幸田さんとばあさんは相性が悪く、ぼくが「さいわい丸」を洗っているのを見ただけでもいい顔をしなかったから、「また、あの業つくばりの手伝いか?」と、質問には答えず電気を消した。

「幸田さんとは関係ない、学校の宿題で……」

ぼくの嘘《うそ》に、ばあさんはあっさり騙《だま》され、「あの島は水もでらんやったけん、昔は、水も船で運んで行きよった……」と話し始めた。

「……海の荒れたら、水も運べんで、みんな海水風呂に入っとったらしかぞ」

「へぇ、ベタベタするやろね。で、他は？」

「……他は知らん」

ばあさんの話はあっけなく終わり、「襖《ふすま》閉めて、早う出ていけ」と言われた。仕方なく二階へ上がろうとすると、「そういえば、泳いで逃げてきた者がおったなぁ」と、襖の向こうから声がした。

「泳いで？　潮に流されるやろ？」

「おう。何人も死んどる……ばってん、若か男が一度、裸で泳いできて、うちの前でぶっ倒れとった。もう何十年も昔の話たい。……四、五日したら、炭鉱の者が連れ戻しに来たもんなぁ。それまで、そこの公民館に寝泊まりしとったけど、にぎりめしやお茶持って行っても、泣いてばっかりおって、可哀相《かわいそう》に、少し頭も薄かったのやろ」

襖を閉めたまま、ばあさんの話を聞いていたぼくは、その公民館で泣いていた若い坑夫の顔と、兄の顔とが重なった。独身坑夫の狭い寮で、壁に凭《もた》れて一点を見つめる兄、煤《すす》で汚れた一番湯に無理やり入れられる兄、島の高い岸壁に立ち、深い海へ飛びこもうとしている下着姿の兄、暗い海原に白い背中をさらし、必死に泳いでくる兄の姿。

幸田さんの口車に乗せられて始めたインチキガイドは、客たちには案外好評を博した。

あるとき若い女が中年男に連れられて「さいわい丸」に乗り込んできたことがある。中年男の仰々しい荷物を見て、プロかどうかは判断できないにしろ、カメラマンだろうという予測はついた。

年齢にかかわらず、島へ渡る女は稀で、いたとしても釣り狂いの夫や彼氏に付き添ってくる女たちぐらいだった。そんな女たちも多少釣りには興味があるとしても、背後に聳《そび》える島へ不気味な岸壁を越えてまで入りたがる者はいなかった。

「さいわい丸」が港を出て、海原を切るように軍艦島へ向かっている間、カメラマンと一緒に来た女は「気味が悪い」と言い続けながら、迫り来る畸形《きけい》の島に眉《まゆ》をひそめていた。学校下と呼ばれる岸壁に着き、ぼくが男の荷物を船から運び出している横で、幸田さんがいつものごとく口八丁手八丁で、ガイドの必要性を説いていた。

「いやぁ、危険やけん、ガイドつけた方がよかですよ。陥没しとる所もあるし、落ちたら大事になる。そこまで責任も取れんしね。歩ける所、入れる建物、この子なら、何でも知っとるけん。嘘は言わん、私は心配して言いよるんですよ」

荷物を運び終えても、女は船の後部から動こうとせず、「ガイドなんていらん」と怒鳴る男に引き摺《ず》られてやっと島へ上陸したが、ぼくが船へ戻ろうとすると、「いや、この子が残らないなら、私も帰る」と悲鳴を上げた。

「契約しただろ！」

「だって……怖いのよ。見てよ、これ。こんな幽霊が出てきそうな島だなんて、聞いてないもん」

「無人島だと言っただろ！」

「無人島っていうのは、奇麗なビーチがあって、開放的な気分になれて……、これ何よ。全然違うじゃない」

女はヒステリックな声を上げながら、岸壁の向こうに建つ、窓ガラスがほとんど割られ、波の音だけを反響させている七階建の元校舎を見上げていた。操縦席でニヤリとした幸田さんが、「どうするね？　戻ってもよかと？」と声をかけた。岸壁にかけられた梯子の下で、女と押し問答を繰り返した男が、「分かった。いくらだ？」と聞き、幸田さんはいつもの倍の値段をふっかけた。

結局、ぼくは雇われ、「日没前には迎えに来る」と言い残して、「さいわい丸」は港へ戻った。何度もガイドとして島に残っているぼくでも、船を見送ると急に取り残されたような気分になるのだから、女の不安は尚更《なおさら》だったと思う。殆どの客は、自分を鼓舞するように大声を出しながら、高さ四メートルもある梯子を上って岸壁を越えるのだが、大声を出せば出すほど、廃墟の島ではその不気味さと静けさは増してくる。岸壁を越え、元校舎の前に立ったカメラマンは、高いガイド料に腹を立てているのか、ぼくには声もかけず、グランドの向こうにある建物の方へ歩き始めた。

「それ、隔離病棟の跡ですよ」

ぼくがそう声をかけると、男はビクッと立ち止まった。女は泣き叫ばんばかりの声で、「絶対やだ。もう動きたくない。ここで撮って」と言う。女の気持ちは痛いほど分かった。この島では、立っているだけで、不気味さが住み着いた高層アパートの群れが迫ってくるような感覚に襲われるのだ。グランドから戻った男が、ぼくに荷物を持つよう命じ、「島を一周してみたい」と言った。

海と岸壁を隔てただけの建物は、波で地盤が浸食され、宙に浮いたように辛うじて建っている。たいていの客は、この光景を目の当たりにして初めて、島の建物がどれほど危険な状態なのかを理解する。校舎を抜けると、ボタ置場や炭坑作業場の跡地があり、島内では唯一広々とした空間なのだが、瓦礫や木切れが至る所に転がり、歩き難いことこの上ない。ぼくは幽霊屋敷の中を歩いているような腰の引けた女の手を握り、鉱員住宅地跡の区域に入った。

「香港《ホンコン》の九龍城みたいだな」男が言った。

「でも、この島には、誰もおらん」

ぼくの言葉に、「もう、そういうこと言うのやめて」と女が怒鳴った。

鉱員住宅は、その殆どが高層アパートで、棟ごとの隙間《すきま》は狭く、互いに寄りかかるように建っており、下を通ると迷路のような圧迫感がある。アパートの窓はすべて壊れ、外から部屋の中の崩れた壁や腐った畳が見えた。

男が、まずここで撮影する、と言い出し、女に服を脱ぐように命じた。

軍艦島へ渡るたびに思っていたのだが、いるべきものがいない時の恐怖と、いるはずのないものがいた時の恐怖とでは、一体どちらが不気味だろうか？　大勢の家族が暮らしていたはずの高層アパートから人が消え、暗い廊下と部屋だけが残っているのと、誰も住んでいるはずのない高層アパートの廃墟の窓から、誰かが覗《のぞ》いているのとでは。

服を脱げと命じられた女は、辺りの窓を見回しながら、恐る恐る裸になった。男はカメラをセットし、「あの瓦礫を持ってこい」とか、「その板をどけろ」と、高いガイド料を取られた腹いせにぼくをこき使い始めた。

女は多少度胸もついたのか、男が命じるままにカメラの前でポーズを取った。ぼくはなるべく気のないふりをして、足元の瓦礫を蹴《け》ったり、靴紐《くつひも》を何度も結び直したりして撮影が終わるのを待った。

男が、今度は建物の中で撮る、と言い出し、ライトなどの器材を担《かつ》いで、七階建の29号棟へ入った。湿った廊下は暗く、壊れたドアから見える部屋の中には、床に転がった茶碗《ちゃわん》や、破れた枕《まくら》などが残されている。女は裸のままぼくの腕に縋《すが》りつき、なるべく周りを見ないように歩いていた。

一番日当たりの良い部屋に入ると、女は腐った畳の上に立たされた。窓の外には隣の棟のベランダが見える。

四つん這《ば》いになり、尻を突き出せ、と男が言った。女は素直にポーズを取り、ぼくの方へ性器と尻の穴を突き出した。

「ガラスの破片が散らばってるから危ないですよ」という言葉を、ぼくは呑《の》み込んでしまった。次の瞬間、案の定、手の平に何か刺さったらしく、「痛ッ」と叫んだ女が、腐った畳の上に尻をつけた。

手の平からガラスの破片を取り、再びポーズをとった時、女の性器が土埃《つちぼこり》で汚れていて、カメラを覗いていた男が、ぼくの方を振り返ってニヤッと笑った。

映画館跡、潮降り街、地下共同浴場跡、島中を歩き廻り、やっと撮影が終わると、男は、しばらくどっかで時間を潰してこい、とぼくに命じ、バッグの中から青い毛布を取り出した。女もすっかり島の雰囲気に慣れた様子で、一人で廃屋の陰に歩いて行って、放尿の音を島に響かせたりできるようになっていた。

ぼくは、島で一番高い鉱員住宅の階段を上がり、島の半分が見下ろせる窓から顔を出した。41号棟と43号棟が重なる狭いピロティで、男が女を抱いていた。青い毛布の上で仰向けになった女と目が合っているような気がしたが、女は知らぬ顔をして、男の尻を強く摑《つか》んだままだった。彼らの周りには、何十棟ものアパートが立ち並び、無数の窓があった。島の建物を、高い岸壁が囲んでいた。激しい波が島を持ち上げるように、白い飛沫《しぶき》を上げていた。ぼくは、蚊に食われた足を掻《か》きながら、早く「さいわい丸」が迎えにこないかと、対岸の港に目を向けた。波の間に、この島から泳いで逃げた男の、白い背中が見えた気がした。

久しぶりに祝日の休みがとれ、昼前に起きて窓を開けると、青空には季節外れの入道雲が浮かんでいた。接近中だと伝えられていた台風は、どこかで向きを変えたらしい。

兄を起こして、今日は休みだから行きたい所があるなら案内するぞ、と誘ったのだが、行きたい所はない、と兄はそっけなかった。ぼくも他に予定はなく、いつものように『笑っていいとも！』を見ながら部屋でゴロゴロしていたのだが、狭い部屋だし、兄の足と自分の足が何度もぶつかるのに耐えられなくなって、午後から一人でパチンコへ出かけた。苛々《いらいら》している時は、決して当たりは来ない。財布の金を使い果たし、自転車に乗って近所をぶらぶら走り廻った。当てどもなく走っていると、兄のことがだんだん腹立たしくなってきた。何もやりたがらず、ただ無為に時間を過ごしているだけの兄が、休みだからと言って慌《あわ》てて遊ぼうとするぼくを馬鹿にしているような気になったのだ。部屋へ帰って、もう一度、無理やりにでも兄を連れ出してやろうか。首に縄でも縛りつけて、嫌がる兄を引き摺り廻せたら、どんなに気が晴れるだろう、と思えてくる。

妙な使命感に燃え、自転車の方向を変えてマンションへ向かった。なんなら羽田まで無理やり連れて行って、そのまま飛行機に押し込もうとさえ考えた。

勢い込んで部屋へ帰ると、なんと兄が、汚れた床に雑巾がけをしていた。これまで一度だって兄が掃除するところなど見たことはない。ぼくは慌てて、「な、なんや、やめてくれろ」と情けない声を出した。

「どうせ暇やし、ほら、こげん汚れとったぞ」

目の前に差し出されたヤニと埃で汚れた雑巾が、まるで自分のように見えた。兄はすぐに雑巾を折り返し、四つん這いになって床を擦《こす》った。

「なぁ、頼む、やめてくれろ。なんで、掃除なんかするとや？」

「なんでって、掃除するのに理由いるや？」

「そうけど……」

「なんや、泣きそうな顔して……気色悪かなぁ」

楽しそうな兄の床磨きが終わるまで、ぼくは平静さを装《よそお》って新聞を読むふりをした。ただ、紙面の文字がちゃんと読めるようになったのは、兄が雑巾を洗い、バケツの水を捨てたあとだった。


その夜、ぼくは社会面に載っていたある記事を思い出した。二十四歳の青年が、元恋人を自宅の前で待ち伏せして、ナイフで刺し殺したという事件だ。数週間前にも、同じような事件があったと思う。だいたいこの手の殺人は、まだ未練のある男がしつこく女につきまとい、徹底的に邪険にされた挙句、最後の手段として女の胸を刺す、というのが筋書きだ。ただ、本当に彼らは刺し殺してしまうほど、女のことを愛していたのだろうか？　彼らにそこまでの凶行に及ばせたのは、愛《いと》しさではなく、悔しさではなかったか。彼らがしつこくつきまとってまで伝えたかったのは、「お前を愛している」という言葉ではなく、「お前が思っているほど、俺はお前が好きじゃない」。ただその一言を伝えたくて、男は待ち伏せたのではないだろうか？

テレビを見ている兄に黙って、ぼくは近所の公園へ行き、小説の続きを書き始めた。

そう毎週、きっこの家へお邪魔しても迷惑だから、たまには自分の部屋で過ごそうと決心したのだが、『笑っていいとも！』を見ながら一人でゴロゴロしていても、一向に時間は過ぎない。耐えかねたなつせは、駅前のパチンコ屋へ行くことにした。欲のない時には出るもので、気分良く台に向かっていると、ポケットの携帯電話が震えた。電話はきっこのお母さんからで、これから銀座に出るからついて来い、と言う。ちょうどパチンコで勝ったことだし、きっことお母さんを誘って、寿司でも食いに行こうと考えていたところだった。電話口でお母さんが、「あんた、いっつも同じシャツ着てるから、新しいの買ってやろうと思ってさ」と言う。

「いいですよ、そんな」

「どうせ今だって、いつもの青いシャツ着てんだろ？」

図星だった。何度となく指摘はされていたのだが、ちゃんと洗っているから不潔ではないし、新しく買うのも面倒だったので、そのままにしておいたのだ。お母さんは、地下鉄の改札で待っているようにと言い、一方的に電話を切った。

きっこも来るものだとばかり思っていたが、待ち合わせ場所へ来たのはお母さん一人で、「あの馬鹿娘は、また出かけてんだよ」と嘆く。

「また、例の建築家と？」

「知るもんか」

「夜には、戻ってきますかねぇ？」

「なんで？」

「いや、パチンコで勝ったから、今夜は三人で寿司でも食いに行こうと思って」

「あんたもねぇ、人がいいんだか、馬鹿なんだか」

休日にもかかわらず、デパートはそれほど混んでいなかった。

丁寧に何度も断ったのだがお母さんは一歩も譲らず、なつせが自分で金を出して買うとしたら絶対に手にしないような、真っ赤なストライプのシャツを押しつけてきた。

似合うはずがないと思いながら、一応鏡の前に立ってみると、案の定、自分のすべてを赤ペンで訂正されているように見える。

「ちょっと派手じゃないですか？」

「どうせ、碌《ろく》な顔してないんだから、何着たって一緒だよ」

　毒舌のお母さんを無視して、同じ柄で地味な方へ伸ばしたなつせの手は、「そんな調子だから、女ひとりモノにできないんだよ、まったく」とはたかれた。

　結局、買ってもらった赤いシャツを持ち、お母さんのあとをついて地下の食品売場を廻りながら、これは幸せなのか、それとも不幸なのか、となつせは考えてみた。好きな女が別の男とデートしている最中に、その母親と二人でデパートへ来て、シャツを買ってもらっている。

　佃煮《つくだに》やパンやせんべいを買い込んだお母さんと二人、築地の寿司屋へ行った。きっこの携帯は何度かけても留守電だったが、お母さんと並んで食った寿司は、予想以上に美味《おい》しかった。パチンコで勝った金はすっかりなくなり、店を出て、「きっこが来てたら、大変でしたよ」となつせが笑うと、「だからあたしが出すって言ったじゃないか」とお母さんも笑う。

「いいですよ。いつもご馳走《ちそう》になってるし、シャツまで買ってもらって……」

「どうせ、パチンコで勝った金だしね、悪銭身につかずってことだよ」

結局その日、荷物をマンションまで運んでやると、泊まっていけ、というものだから、なつせは泊めてもらうことにした……


そこまで書いた時、ベンチの前に兄が立っているのに気づいた。怪訝《けげん》な顔で、「お前、何しよるとや？」と、多少遠慮がちに聞く兄に、ぼくは咄嗟《とっさ》に、「あ、手紙。手紙を書きよった」と答えて、原稿用紙を背中に隠した。

「なんで、こげん所で書くとや？」

「なんでって、別に……兄ちゃんは、何しよると？」

「俺？　俺はサウナに行こうと思って」

「あ、ああ。また駅前の？」

「おう」

きっこのお母さんと銀座へ行き、シャツを買ってもらったり寿司を食ったりしている所に、いきなり兄が現れたような気がして、ぼくは必要以上に動揺していた。急に落ち着きを失ったぼくを見て、兄は言葉を捜しているようだった。

軍艦島のインチキガイドをしていた時、一度だけ、実際に島で暮らしていた元炭坑夫だとは知らずに、いつもの調子で案内してしまったことがある。男は途中まで、「へぇ、そうなの」と他の客たちと変わらぬ反応を見せていたのだが、あまりにもいい加減なぼくのガイドに、とつぜん目の色を変えて怒り出し、胸倉を摑んだかと思うと壁に押しつけ、「おい、坊主！　たいがいにしとれよ、島を馬鹿にすん者は許さんぞ！」と怒鳴った。硬い拳《こぶし》が胸深くに食い込んだ。

しばらくの間、ぼくはただ呆然《ぼうぜん》としていたが、胸の痛みで我に返って、「すいませんでした」と謝った。しかし、男はそれでも力を弛《ゆる》めず、謝るぼくの顎《あご》をおもいきり殴った。顎の感覚が麻痺《まひ》したまま、それでもぼくは、「さいわい丸のおじさんに、無理やりやらされているんです」と嘘《うそ》をついて許してもらおうとした。

ベンチの前に立ち尽くしていた兄は、自分が立ち去ってもいいものかどうか迷っているらしかった。ぼくが「サウナに行くとやろ、行けば」と言うのを、待っているらしいのだ。

「お、お前も、一緒に行くや？」

「いや、俺はよか」

「そうや。……じゃ、行くぞ」

電灯に照らされた兄の影が公園から出ていっても、まだ軍艦島で殴られた時の記憶が消えず、一人ベンチでおどおどしていた。公園には誰もいなかった。揺れていないブランコがあった。一方が地面についたシーソーがあった。ぼくはふと、手に持った原稿用紙をシーソーの片方に置き、もう片方に自分が乗れば、うまくバランスがとれそうな、そんな気がした。たった一度、殴られたことを別にすれば、軍艦島のインチキガイドで、うまくバランスをとっていたように。

部屋へ戻ると、留守電に十一件もメッセージが入っていた。ここ数日、毎度のことだが、すべて母からの伝言で、「お兄ちゃんから連絡はないか？　あったらすぐに知らせろ」というものばかりだ。兄が毎晩サウナへ行くのは、狭い浴室が苦手だという理由だけではないわけだ。

今日、ぼくは会社帰りにスーパーへ寄って、「無香空間」という消臭剤を三つ買ってきた。兄がこの部屋へ来てから、ずっと気になっていたのだが、とつぜんそんなものを買ってくると兄も気分を害するだろうと思い、今日まで我慢していたのだ。兄の体が臭いわけではない。ただ、一日中この部屋に閉じ籠《こ》もっている兄に、自分の部屋の匂《にお》いを嗅《か》がれているようで我慢できなかったのだ。スーパーで消臭剤を手にした時にはちゃんと説明しようと思っていたのだが、結局、兄がサウナに行った隙《すき》に見えない場所に隠して置いた。

まだきっことうまくいっていた頃、彼女も何度かこの部屋に来たことがある。ただ、あの時もぼくは、自分の部屋の匂いが気になって、どんなに寒い夜であろうと、窓を開けっ放しにしていた。

子供の頃、目をつぶって高く跳び上がれば、着地した時、別の場所に移動していることがあるんだ、と兄に騙《だま》され、何度も何度も目をつぶって跳び続けたことがある。別の場所というのが、どんな所なのか考えてもいなかったが、何回も、何十回も連続して跳び続けて気分が悪くなり、その場で吐いた。慌てたばあさんが抱き起こしてくれたのだが、目が廻って焦点が合わなかったその時、多少意味合いは違ったが、たしかにいつもとは違う景色が見えた。

消臭剤をベッドの下やタンスの裏に隠したあと、ぼくは机の引出しから原稿用紙を取り出した。

きっこのお母さんにデパートでシャツを買ってもらった翌日、退屈な午後をお母さんと二人で過ごしていると、同じ部署でバイトしているみゆきちゃんから、なつせの携帯に電話がかかってきた。

「あのぉ、絵とか興味あります？」

「みゆきちゃん？」

「ジョルジョ・デ・キリコって画家、知ってます？　目黒で展覧会やってるんだけど、もし暇だったら一緒に見に行かないかなぁ、と思って」

「どうして俺の携帯の番号、知ってんの？」

「えへ、私、昔っからキリコの絵とか彫刻とか好きで、優待券が二枚あるんだけど、急に友達が行けなくなっちゃって……あ、キャッチだ、ちょっと待ってて下さいね」

会社でも、みゆきちゃんとの会話が成立したことはなかったが、電話ではいっそう酷《ひど》かった。携帯を耳に当てたまま、じっと待っているのも退屈だったので、せんべいを齧《かじ》っているきっこのお母さんに電話の内容を話した。

「え？　きっこの絵？」

「違いますよ。キリコの絵」

「そのみゆきちゃんって娘が描いたのかい？」

「違いますって。みゆきちゃんってのは、俺と同じ部署でバイトしてる女の子で……、ピカソの絵みたいな顔してんの、ははっ」

「あんた、ガールフレンドいるんだったら、天気いいんだし、デートしてきなよ。一日千秋って顔で、目の前に座られてたんじゃ、あたしの気が滅入っちゃうよ。その娘と一緒にピカソの絵でも見に行けばいいじゃないか」

「だから、ピカソの絵はみゆきちゃんの顔で……お母さん、わざと言ってません？」

キャッチホンからみゆきちゃんが戻って、隣ではお母さんが「出ていけ」とうるさいものだから、結局なつせは、一緒に絵を見に行くことにした。

目黒にある庭園美術館は、園内に生い茂る葉の色が濃すぎるせいか、妙に肌寒い印象だった。館内に入ると、今度は床がミシミシと嫌な音を立て、否応《いやおう》なしに厳粛な態度で絵を鑑賞せざるをえない。

みゆきちゃんは休日に会っても相変わらずマイペースで、なつせが、「彼氏とかいないの？」と聞けば、「えへ、渋谷からタクシーで来ちゃった」と訳の分からぬことを言う。

子供の頃から、太陽を描けば、おいしそうな飴《あめ》だと言われ、犬を描けば牛だと言われたなつせに、絵心などあるわけもない。美術館など一生縁がないと思っていたし、ジョルジョ・デ・キリコという画家の名も聞いたことさえなかったのだが、いざその作品の前に立ってみると、なんというか、静かに近づいてきた何かが、すぅーっと体の中を通り抜けて行くような、奇妙な感覚を味わった。うまく説明はできないのだが、とにかく絵画にしろ、彫刻にしろ、その前に立つと、つい立ち去りがたい気持ちになってしまうのだ。

たとえば『吟遊詩人』というアルミで出来たような彫刻があった。銀色の鎧《よろい》を纏《まと》った体にのっぺらぼうの面がついているのだが、何かもの言いたげで、ついその場でその言葉を待ってしまう。『谷間の家具』と題された絵では、何の変哲もない道端に無造作にタンスやソファが置かれてあって、その不適応さ加減がどうも気になって動けなくなる。

なつせが、その前で最も長い時間を過ごした作品は『イタリア広場』と題された小さな絵だった。赤茶けた広場を囲むように、両側に白壁の建物があり、たぶん夕刻なのだろう、一方の建物から長い影が広場の中央まで伸びている。屋根に掲げられた旗が、風に靡《なび》いて揺れている。広場はがらんとしている。ただ夕日に伸びる影があって、風に靡く旗がある。とても寂しい絵なのだけれど、しばらく黙って見ていると、広場の手前から、ぞくぞくと人が集まってきそうな感じがしてくる。もちろん、絵なのだし、突如として群衆が湧《わ》いて出てくることはないのだが。

予想外な熱心さを見せるなつせに、みゆきちゃんもなかなか帰ろうとは言えなくなってしまったらしく、結局閉館ぎりぎりまで二人は館内で時間を過ごした。

帰りにみゆきちゃんを焼肉屋へ連れて行き、デ・キリコのお礼にカルビを奢《おご》った。

ただ、努力はするのだが、そこでも二人の会話が嚙《か》み合うことはなかった。食事の最中、なつせは『イタリア広場』の情景が頭から離れず、何枚もカルビを焦《こ》がした。

同じ災難に遭ったことのある、会社の同僚の鵜飼さんや稲田くんが笑っていたのを、なつせも何度となく聞いてはいたが、たしかにみゆきちゃんの旺盛《おうせい》な媚態《びたい》を前にしていると、牛乳で体を洗われるような、嫌な感触がある。

満腹感に浸ってタバコを深く吸い込んでいると、「私、今夜泊まりに行っちゃおうかなぁ」とみゆきちゃんが言い寄ってきた。

大ジョッキでビールを四杯も飲んでいたから、やったあとで金を払ってもいいなら、酔いに任せて連れ帰ってもいいのだが、絶対に朝になれば後悔するだろうし、金だって受け取ってもらえるとは限らない。なつせは、「また、また、ご冗談を」と笑って誤魔化しておくことにした。

別に連絡する必要もなかったのだが、なんとなく気になって、なつせはきっこの家に電話を入れた。「晩めしは食って帰りますから」と言うと、電話に出たお母さんは、「呆《あき》れた。なんでいちいちそんなことを報告するかねぇ」と笑っていた。

みゆきちゃんと別れてすぐ、きっこの携帯に電話を入れると、これから家へ戻るところだ、と言う。なつせは道をUターンして、駅前のミスタードーナツで十個入りのパックを買い、先廻りしてきっこのマンションへ向かった。

チャイムを鳴らすと、お母さんがうんざりした声で、「なんで戻ってくんだい？どうせなら、女の子と一晩中、仲良くやりぁいいじゃないか」と言いながらも、快く鍵《かぎ》を開けてくれた。きっこはまだ戻っていなかった。買ってきたドーナツを差し出すと、「あら、ちょうど良かった。なんか口寂しいと思ってたところなんだよ」と、お母さんは喜んでくれた。

お湯を沸かしに行ったお母さんに、「先に仏壇にあげます？」と、なつせが尋ねると、「あんたも変なとこ、所帯臭いんだねぇ」と驚き、「急に信心深くなったら、御先祖さんたちがビックリするからやめとくれ」と笑っていた。

きっこが戻ってくるまで、なつせはお母さんがドーナツを食べるのを眺めながら、横目でテレビを見ていた。

「……最近、渋谷でインタビュー受ける女の子たち、なんか質が落ちたと思いませんか？　きっと可愛《かわい》い子たちは、もうインタビュー受けるのに飽きちゃったんだな。最近出てくるのって、ほんとブスばっかりですよ」

「へんなこと聞くようだけど、あんたたちあれかい、ほら、なんてぇか、あんたときっこって、今でも……ほら」

「やめて下さいよ。やってませんよ、そんなこと。きっこが例の建築家を追いかけるようになってからは……」

「だって、あんたもう、半年以上じゃないか」

「そうですけど……」

「あんたも若いんだし、どっかで発散させないと、腐っちまうよ」

「過激だなぁ」

「だって、そうだろ？」

「大丈夫ですよ。あんがい適当にやってますから。今どき、やるだけなら、なんだってあるんですよ」

「そうかい。それならいいんだよ、それなら」

その時、きっこが鼻唄混じりに帰ってきて、「あたしの分、残ってる？」と、ドーナツを指差した。なつせは、お母さんに「今の話、内緒ですよ」と言って、ハニーディップをきっこに渡した……

兄がたこ焼きを手にサウナから戻り、ぼくは慌《あわ》てて原稿用紙を机の引出しに押し込んだ。頬を火照《ほて》らせた兄は、普段よりも生気があるように見える。ただ、やることはいつもと同じで、ベッドに倒れ込むと、そのまま足でテレビのスイッチを入れた。ぼくの表情に苛立《いらだ》ちが混じっていたのだろう、兄はちらっとぼくの方を見て、「そう不機嫌になるなさ」と微笑《ほほえ》みかけた。

「不機嫌になんてなっとらんぞ」

「そうや？　それなら結構」

兄は、足の指で器用にチャンネルを変え始めた。

しばらくして、ニュース番組を黙って見ていた兄が急に口を開いた時、ぼくは、あと二、三日もすれば、兄が帰るのではないか、とふと思った。天気予報を眺めながら、兄がこの部屋へ来て初めて、長崎のことを語ったのだ。

「なぁ、台風が来た夜、二人で大声を出す練習したの、覚えとるや？」

ぼくは一瞬何のことだか理解しかねたが、すぐに強い風に揺れて、ビュンビュン鳴っていた電線の音が耳の奥から聞こえた。

大型台風が市内を直撃した夜、ばあさんや母を起こさないように家を出て、繋《つな》いだ兄の手をしっかり握り、港まで走ったことがあった。屋根の上の電線が、風に揺れて鳴っていた。強風に押し戻され、鼻や口から雨を飲み、握った兄の手もすっかり濡《ぬ》れていた。

港につくと、白い波が防波堤を呑《の》み込んでいた。目の前には、縄に繋がれてむずかる犬のように、何隻《せき》もの船が揺れている。高くなる波の向こうに軍艦島が見えた。叩《たた》きつける風を、濡れた兄のシャツが孕《はら》み、背中でバタバタ鳴っていた。どう足掻《あが》いても一歩も進めなくなり、両手を地面についた。兄と二人で這《は》って進んだ。ギシギシと激しく船がぶつかっていた。四つん這いの兄の尻《しり》を、ぼくは追いかけた。空で鳴る風の音に怖くなり、耳を塞《ふさ》いで、わぁーっと叫んだ。頭に血がのぼってぼんやりしたけれど、それでも兄の尻を追いかけた。立ち上がろうとすると、すぐに風でぶっ飛ばされた。やっと係留ブイの縄を摑《つか》んだ兄に支えられ、海に向かってどうにか立った。

「大声出せ！」と兄が叫んだ。

台風がはっきりと姿を現して、じわじわこっちへ近づいていた。

ぼくは夢中になって、わぁーっと叫んだ。雨を飲み、咳《せ》き込みながら叫んだ。髪も靴もパンツも、ぐっしょり濡れて重かった。台風の目が通り過ぎ、吹き返しになるまで、ぼくらは叫び続けた。

あの時、兄が十三かそこらで、ぼくが六つか、七つだったと思う。兄がなぜ大声を出す練習をしたのか、あの時のぼくには分からなかった。

港に住む誰かが亡《な》くなると、ばあさんの代わりに母が通夜《つや》や葬儀に顔を出した。そして、母は必ず兄を一緒に連れて行った。母屋《おもや》のタンスから、亡父の喪服を出してアイロンをかけ、いそいそと離れの兄に着せに行く。「兄ちゃんの字は、見栄《みば》えがよかけん」と言いながら、わざわざ筆ペンを持って、離れで香典袋に名前を書かせる。たいがいぼくとばあさんは、母屋の十畳間に寝転んで、浮かれた母の様子を眺めていた。喪服姿の二人が腕を絡《から》めて離れから出ていく姿は、どう見ても店から出てきた客とホステスにしか見えない。ばあさんは、「ちゃんと挨拶《あいさつ》してこいよ」と注意はするが、それ以上、母を非難すれば、代わりに自分が行かなければならないことが分かっているから、兄に甘える母の姿を見て見ぬふりをして済ますのだ。

たぶん不幸のあった家へ上がり込んだ母は、しおらしく兄の後ろに正座して、ふくさから取り出した香典を兄に手渡していたのだろう。兄が焼香を済ませ、母に代わる。差し出されたお茶を二人並んで飲みながら、「なんか手伝わせてもらえんやろか？」と母が言う。泣き腫《は》らした遺族から、丁重に申し出を断られた母は、「もし男手がいるなら、いつでも言うてねぇ、うちのを手伝いによこしますから」と、港の男にしては生白い、兄の顔を見るのだろう。町の者なら「うちの」と紹介されたその男が、実の息子だと知ってはいるが、遠方からの親戚《しんせき》たちには、まるで兄が、母の年若い旦那《だんな》に見える。母はそんな彼らの視線を楽しみに、よその通夜に喜んで顔を出し、兄は兄で、好奇の目を向ける者たちに、興味なさそうに会釈《えしゃく》する。母が通夜や葬式に、ぼくを誘ったことはない。たとえついて行ったところで、邪魔になるのは分かっていたから、ぼくの方から連れていけ、と言ったこともない。

今からちょうど一ヶ月前、なつせがきっこのマンションへ行くと、珍しくお母さんは留守で、きっこが一人でハンバーグ弁当を外出着のまま食べていた。きっこの箸《はし》は、何度もハンバーグに刺さりはするのだが、口まで運ばれることはなく、崩れた挽き肉《ひにく》や玉葱《たまねぎ》が弁当箱の中に散乱していた。

「なんだよ、また建築家にすっぽかされたの？」

テーブルに腰かけて、なつせが聞くと、きっこは物憂《ものう》げに顔を上げ、「そうじゃないわよ……なんで？」と首を傾《かし》げた。

「ハンバーグがグチャグチャだから」

きっこはため息をついて箸先を見つめ、「食べる？」となつせの前に弁当を差し出した。

「誰がこんなの……なぁ、どうしたの？　言ってみ、相談のるからさ」

「今日ね、お父さんと会ってきたんだけど……」

「お父さんって、離婚して埼玉にいる？」

「そう。……それがさぁ、嫌な話を聞かされちゃって……しつこく聞いた私が悪いんだけどね」

「なに聞いたの？」

「……う、うん。なんで離婚したのか……」

「で？」

「いや、なんでもない……いいの」

きっこは立ち上がり、台所へ姿を消した。なつせは座布団《ざぶとん》を丸めて寝転がり、畳の上で体を伸ばした。

「なぁ、お母さん、どこに行ったの？」

きっこの返事はなく、さっきから手当り次第に棚を開け閉めする音が聞こえる。

「なに、捜してんだよ？」

「え？　しらすのふりかけ……壺に入ったやつがあったでしょ？」

「ああ、それだったら、そっちの棚じゃなくて、流し台の引出し」

ふりかけを持ってきっこが戻り、冷えたご飯にしらすをパラパラかけていると、居間で電話が鳴った。お母さんからのようで、電話に出たきっこが、「うん。来てるよ」となつせの方を見て答えた。電話に出ると、「ああ、良かった」とお母さんが喜んでいる。浴室に置く簀《す》の子《こ》板を買いたいから、これから駅前のスーパーまで出てきてくれ、と言うのだ。なつせは、すぐに行くと答え、電話を切った。

スーパーに着くと、お母さんはまだ簀の子板を買っておらず、他に見て廻りたい店があるから付き合えと、婦人服売場や、宝飾店、雑貨屋などを連れ廻した。

小さな化粧品店に入ったお母さんが、珍しい薬草でできたシャンプーを手に取って、「見てごらん、これ七千円もするんだってよ」と驚いた。

店員の姿は見当たらなかった。なつせは地元で母が働いていた小さな化粧品店を思い出した。今頃どうしているだろうか、たまには電話してみようか、と考えた。

きっこのお母さんは一つ一つの商品を手に取って、熱心に眺めていた。なつせが外へ出ると、向こうからエプロンをかけた店員らしき若い女がやって来るのが見えた。入れ替わるようにお母さんが店から出てきて、「さぁ、簀の子板を買いに行こうかね」と、なつせの腕を引っ張った。

浴室用品は一つ上の階だった。前に、壊れたシャワーの金具を買いに来たことのあるなつせは、キョロキョロしているお母さんをエスカレーターに乗せようとした。すると、急に何を思ったのか、「やっぱり、今日は買うのやめとくよ。黴《かび》が生えてるっていっても、裏側にちょろっと生えてるだけだからさ」と言い出した。せっかく来たのに、とは思ったが、どうしても買ってくれと頼むのもヘンだから、それならば、帰りましょうと踵《きびす》をかえして出口に向かった。

警備員に呼び止められたのは、ガラス扉を出た瞬間だった。型の崩れた背広を着た四十男が、とつぜんお母さんの腕を摑んだのだ。なつせは何のことだかしばらく理解できず、「ここだと目立ちますから、奥さん、ちょっと事務所の方へ」という言葉を聞きながらも、お母さんが落とし物でもしたのかな、と思い込んでいた。すぐ横にあるチケット売場の店員が、露骨に侮辱した顔で睨《にら》んでいる。ドアから入ってくる客、そして出ていく客たちが、覗《のぞ》き込むようにお母さんの顔を確認していく。中には立ち止まって、警備員の後ろに立っている者までいた。

なつせは自分でも驚くような大声で、「なんですか!」と叫び、警備員の腕を摑んだ。なつせに殴られるとでも思ったのか、警備員が腕を上げて顔を隠し、「この奥さんがシャンプーを万引きしたんだよ。君も知ってるんだろ!」と叫んだ。

警備員に怒鳴られた時、なつせの顔は嘘《うそ》をついていなかったのだと思う。そして、プロとして、四十男の警備員も、なつせが知らなかったということを理解したようだった。さっきまでの穏やかな声に戻った男が、「さぁ、事務所へ」と言った。その時、俯《うつむ》いていたお母さんが、「あ、これは……そうよ、これほら、レジに行こうとしてて……ねぇ、これから行こうとしてたの、忘れてたのよね？」となつせの顔を縋《すが》るように見た。警備員は、ひどく面倒臭そうに、お母さんのバッグを無理やり開き、中に入っている薬草シャンプーを取り出そうとした。お母さんが力ずくでそれを阻止した。

「これから、払うのよ。これから払うの！」

「奥さん」

なつせは呆気《あっけ》に取られるばかりで、二人の攻防を眺めているだけだった。これまでに見たこともない悲愴《ひそう》な顔をしたお母さんは、やじ馬の前でバッグの中からシャンプーを取り出された。

「君、本当にこれから払いに行こうとしてたの？」

「え？」

とつぜん警備員の顔がなつせに向き、思わず言葉を詰まらせた。お母さんが唇を震わせながら、なつせを見つめていた。

「どうなの？　これから払いに行こうとしてたの？……へっ、出口まで来ておいてよく言うよ、まったく。……さぁ、どうなの！」

「え？」

「払いに行こうとしてたのか、帰ろうとしてたのかって、聞いてんの！」

「ぼ、ぼくらは……帰ろうと」

お母さんの呼吸が一息ごとに泣き声へと変わり、なつせは二人のあとをついて事務所へ向かった。

初犯だったこともあり、お母さんは厳重注意だけで許してもらえた。スーパーの裏口から出ても、お母さんはなつせの顔を見ようともしなかった。

きっこたちと会ったのは、その日が最後だ。夜になってきっこから電話があり、お母さんが真っ青な顔で帰ってきたけど、何かあったの？　としつこく聞かれた。もちろん、何も知らないふりをした。本当は警備員の前で嘘をついてやれば良かったのだ。

ここで、ぼくは一心不乱に書き殴っていた原稿用紙を投げやった。全てが書かれていないことでこの小説が嘘になるなら、そこに嘘を加えてもいいのではないか……。ぼくはもう一度原稿用紙を拾い集め、最後のページだけを破り捨て、熱くなったペンを握り直した。

『どうなの？　これから払いに行こうとしてたの？……へっ、出口まで来ておいてよく言うよ、まったく。……さぁ、どうなの！　え？　払いに行こうとしてたのか、帰ろうとしてたのかって、聞いてんの！

ぼ、ぼくらは……そうだよ、お母さん、忘れちゃってんだもんな。くっだらないことペチャクチャ喋《しゃべ》ってるから忘れちゃうんだよね。もちろん払いますよ。違う、あそこにね、店員さんがいなかったから、向こうのレジまで持って行こうと思って、そうだよ、そん時、俺が急に新作映画の前売りチケット買いたいって言ったもんだから、お母さんもこっちについて来ちゃっただけ。あっ、そうか。出口から出ていくように見えたんだ。違う違う。いやんなっちゃうなぁ』

警備員につく嘘を小説につけ加えた翌朝、この部屋に兄を一人残して行くのは不安だったが、ぼくは予定通り伊豆今井浜への一泊二日の社員旅行へ出かけた。

集合場所の新宿西口バスターミナルへ行くと、輸入課の鵜飼さんが、「お前がごますりやすいように、バスの座席は社長の隣、旅館の部屋も同室にしといてやったからな」と、嫌味っぽく予定表を胸に押しつけてきた。

横で見ていた稲田くんが、足の裏の臭《にお》いでも嗅《か》がされたような顔をしていた。嫌な気持ちでバスに乗り込み、社長の横に座ろうとすると、今度は「なんだ、お前がここか」と露骨に嫌な顔をされた。

その夜泊まった伊豆のホテルから、ぼくは久しぶりにばあさんに電話をかけた。母がどんな様子なのか知りたかった。ばあさんの話では、やはり母の落ち込みようは尋常ではないらしく、毎晩、何度も離れを確認に行くという。ばあさんが説得して警察に届けることだけは止めているが、このままではどうにかなってしまうぞ、と言っていた。ばあさんに、本当のことを話してしまおうと、「実はさ……」と口を開いたのだが、とつぜんばあさんは、「これから水産場に行くけん、切るぞ」と一方的に電話を切ってしまった。

ばあさんは今でも水産場の屋台へ酒を飲みに行っているらしかった。水産場へ出かける時、ばあさんは晩めしの準備もしなかったから、不味《まず》いのを覚悟で自炊しなければならなかった。家では一滴の酒も飲まないくせに、いったん水産場の屋台で飲み始めると、一人では歩けないほどばあさんは酔い潰《つぶ》れた。深夜、水産場からの電話で迎えに行ったのも一度や二度の話ではない。酔狂した男たちの中から、ばあさんを連れて帰るのは、無理やり舞台に上げられたようで恥ずかしくて仕方なかった。

たいていばあさんはカウンターの横の特等席に陣取り、焼酎《しょうちゅう》を飲みながら、忙しそうな屋台のおやじの腕を摑《つか》んで、「おい、ちょっとここに座れ」と邪魔をしているか、顔見知りの男の横で、「お前んとこの嫁は愛想がない」とからんでいるかのどちらかだった。ある夜なんか、よほどばあさんの酔態が酷《ひど》かったらしく、腰を荒縄でしばられ、屋台の柱から犬のように繫《つな》がれていた。冗談とはいえ、さすがにその場の男たちに反感を持ったが、荒縄で繫がれながら、それでも旨《うま》そうに焼酎を飲んでいるばあさんを見ると、何も言えなくなってしまった。

ビールケースに座って飲んでいる男たちが、「ほら、ばあさん、やっとお迎えの来たぞ」と声をかける。

「今日は、いつもとは違う兄ちゃんやっか」

「ばあさん、何人、若か男ば、匿《かこ》うとるとや？」

「よっぽど、好いとるとやろ」

下品な野次を無視して、ばあさんを立たせようとすると、腕をとって踊ろうとする。少し乱暴にばあさんの肩を抱き、脅すようにして歩かせる。

「お前は、下の息子か？　大きうなったなぁ」

声をかけてきた屋台のおやじに、「はぁ」と曖昧《あいまい》に返事をすると、「体ばっかり大きうなっても、何の役にも立たん。一日中、寝転がって、指で畳をほじっとるだけ」と、ばあさんが笑う。
屋台を出て、歩けないばあさんを背負った。テトラポッドの並ぶ岸壁に沿って歩き出すと、たいがいばあさんは眠ってしまった。そして、寝言のように、「あー、気持ちんよか」と何度も背中で呟《つぶや》いた。真夏でも、海沿いの道は風があるから暑くはない。ときどき、車のライトが追い越して行ったが、あんな夜中に、ばあさんを背負った男が海沿いの道を歩いている姿を見るのは、気持ちの良いものではなかっただろう。
三本松のカーブを曲がって、港へと下りる坂道に来ると、月の光を浴びた切れ波止が真っ白に輝いているのが見えた。背中で目を覚ましたばあさんが、「景気よう、歌でも歌え」としつこく言うので、子守歌代わりに歌ってやると、ばあさんがうまい具合に合いの手を入れる。
うーみーはー、ひろいーなー、おおきーいーなー
(ホイ、ホイ)
つきーがー、のぼるーしー、ひがしーずーむー
(ホイ、ホイ)

重い伊豆みやげを持って、駅からの道をアパートまで戻ってきた。部屋へ戻れば兄がいると思うと、不思議と気分が晴れた。

玄関を開けようとすると、チェーンがかかっている。ドアの隙間《すきま》に口を突っ込み、「兄ちゃん、開けてくれ」と声をかけ、中で慌《あわ》ただしく動く二つの影を見た。汗とも体臭とも言えない微妙な匂《にお》いが流れてきた。いったんドアを閉め、内側から開けてくれるのを待つ間、ぼくは母が迎えに来たのだ、と思った。しかし、それにしてはチェーンが外されるのがやけに遅い。苛々《いらいら》しながら待ち続け、やっとドアが開いた。開けたのは、兄でも、母でもなく、アルバイトのみゆきちゃんだった。

たかが一晩部屋を空けただけなのに、兄は完全にこの部屋に自分の居場所を作っていた。なにも模様替えをしたり、新しい家具を買っているわけではない。同じようにベッドに寝転がって、部屋を片付けるぼくの姿を眺めているだけなのだが、今までのように、部屋の中に兄がいるのではなく、兄の周りに部屋があるのだ。巣くった兄が、内部からこの部屋を食い破るような、そんな気がした。

みゆきちゃんが帰っても、兄とは一言も口をきかなかった。もちろん兄は、「悪かったよ」と、薄笑いを浮かべて何度も頭を下げた。

実際に軍艦島で暮らしていたことのある元炭坑夫たちを渡す時、幸田さんは決まって、「つらかろうねぇ、自分たちの島がこんなになってしもうて……」と同情していたが、ぼくは幸田さんと違って、一度だって彼らに同情したことはない。逆に、廃墟《はいきょ》の島へ里帰りする彼らを見て、『きっと幸せだったんだろうな』としか感じなかった。そういう時、必ず浮かんできたのは、島から泳いで逃げたというあの男のことだ。もしもあの男が、今も日本のどこかに生きていたとして、再び軍艦島へ渡りたいと思うだろうか？　万が一、島へ渡ったとして、彼はどんな風に感じるだろう？

「ダイナマイトで、島ごと爆破してしまえばいいんだ！」

そう叫ぶ男の姿が、寝息を立てる兄の姿と重なった。

ぼくは机の引出しから原稿用紙を取り出した。最後のページには警備員につけなかった嘘が書いてある。しばらく眺めて、結局ぼくは、何も書かずに寝ることにした。

軍艦島が恐ろしいのは、無人の高層アパートが林立しているからではない。そこに人が暮らしていた痕跡《こんせき》があるからだ。結局、あの島へ喜んで渡っていた奴らは、怪奇映画のスリルを味わいたかっただけなのだ。その証拠に、島へ入って一時間もたてば、彼らは瓦礫《がれき》の中を歩くのに飽き、高層アパートの廃墟に飽き、捨てられた島に飽きた。

大洋にぽつんと浮かんだ島に立ち、廃墟の街を案内していると、上空から何者かが見下ろしているような気がすることがあった。もちろん見上げてみても、そこには空以外なにもない。ただ、見上げていた視線を戻し、再び街の案内を始めると、やはり誰かが、袋の中でも覗《のぞ》いているみたいに、ぼくの姿を見下ろしている気がするのだ。


あるとき、港に大学生のグループがやってきた。廃墟の島に興味があるのは、その中の一人だけだった。「さいわい丸」が島へ近づくと、迫り来る畸形《きけい》の島にみんなは奇声を上げて喜んでいた。梯子《はしご》を使って岸壁を越えた。「さいわい丸」が迎えに来るまで、四時間あった。ぼくは校舎の前に立ち、ガイドとして簡単に自己紹介をした。誰も、聞いている者はいなかった。みんながみんな、馬鹿にしたような顔でぼくを見ていた。

いつもの順序で案内を始め、鉱員住宅17号棟の前に来た。六階を指差して、「あそこに家族三人で暮らしていました」と説明した。大学生たちは、興味のあるふりをして、大正期に建てられた古い高層アパートの廃墟を見上げた。揃《そろ》って顔を上げる彼らが、訓練されたアシカみたいで滑稽《こっけい》だった。「あそこが映画館です」「そこが地下共同浴場です」アシカたちは首を振って、ぼくのあとについてきた。

廃屋の二階の窓から小便をしたり、瓦礫を投げて窓ガラスを割ったり、大学生のグループは完全にガイドを無視して遊び始めていた。ぼくは、みんなに聞こえるような大声で、「……今は、さっきの港で母と二人で暮らしています。父は、採掘作業中に、落磐《らくばん》で死にました」と言った。

大学生たちは、急にぼくの言葉に注意を向けた。今夜は中華街で晩めしを食おうか、などと話していた会話は途切れた。気分が良くなったぼくは、先頭に立って歩き始めた。

「父は一度、ここから泳いで逃げたことがあるんです。あの岸壁から飛び込んで、さっき船に乗った港まで、潮に流されながら必死に泳いで逃げたんです」

大学生たちの関心は、そう長くは続かなかった。しばらくすると、またはしゃぎ出し、大声を壁に反響させて遊び出す。ただ、叫べば叫ぶほど、廃墟の島は静けさを増す。

ぼくは思うのだが、兄と一緒に大声を出す練習をしたあの台風の夜、電線が風に揺れてビュンビュン鳴っていたのは、たるんでいたからなのだ。たるんでいたからこそ、風に揺れて振動し、激しく音を立てたのだ。間違いなく、そのたるみはぼくの中にもある。あるからこそ、こんなにも激しく振動し、ビュンビュンと鳴っている。

この作品は平成二十一年八月、新潮社より刊行された。

吉田修一著

東京湾景

岸辺の向こうから愛おしさと淋しさが押し寄せる。品川埠頭とお台場を舞台に、恋の行方をみつめる最高にリアルでせつない恋愛小説。

吉田修一著

長崎乱楽坂

人面獣心の荒くれどもの棲む三村の家で、駿は幽霊をみつけた……。高度成長期の地方侠家を舞台に幼い心の成長を描く力作長編。

吉田修一著

7月24日通り

私が恋の主役でいいのかな。港が見えるリスボンみたいなこの町で、OL小百合が出会った奇跡。恋する勇気がわいてくる傑作長編！

吉田修一著

さよなら渓谷

緑豊かな渓谷を震撼させる幼児殺害事件。容疑者は母親？　呪わしい過去が結ぶ男女の罪と償いから、極限の愛を問う渾身の長編小説。

山田詠美著

放課後の音符《キイノート》

大人でも子供でもないもどかしい時間。まだ、恋の匂いにも揺れる17歳の日々――。放課後にはじまる、甘くせつない8編の恋愛物語。

山田詠美著

学問

高度成長期の海辺の街で、4人の子供が放つ生と性の輝き。かけがえのない時間をこの上なく官能的な言葉で紡ぐ、渾身の長編小説。

堀江敏幸著
雪沼とその周辺
川端康成文学賞・谷崎潤一郎賞受賞

小さなレコード店や製函工場で、旧式の道具と血を通わせながら生きる雪沼の人々。静かな筆致で人生の甘苦を照らす傑作短編集。

堀江敏幸著
めぐらし屋

人は何かをめぐらしながら生きている。亡父のノートに遺されたことばから始まる、蕗子さんの豊かなまわり道の日々を描く長篇小説。

堀江敏幸著
未見坂

立ち並ぶ鉄塔群、青い消毒液、裏庭のボンネットバス。山あいの町に暮らす人々の心象からかけがえのない日常を映し出す端正な物語。

川上弘美著
古道具 中野商店

てのひらのぬくみを宿すなつかしい品々。小さな古道具店を舞台に、年の離れた4人のもどかしい恋と幸福な日常をえがく傑作長編。

川上弘美著
ざらざら

不倫、年の差、異性同性その間。いろんな人に訪れて、軽く無茶をさせ消える恋の不思議。おかしみと愛おしさあふれる絶品短編23。

川上弘美著
どこから行っても遠い町

二人の男が同居する魚屋のビル。屋上には、かたつむり型の小屋――。小さな町の人々の日々に、愛すべき人生を映し出す傑作小説。

中村文則著
土の中の子供
芥川賞受賞

親から捨てられ、殴る蹴るの暴行を受け続けた少年。彼の脳裏には土に埋められた記憶が焼き付いていた。新世代の芥川賞受賞作！

中村文則著
遮光
野間文芸新人賞受賞

黒ビニールに包まれた謎の瓶。私は「恋人」と片時も離れたくはなかった。純愛か、狂気か？ 芥川賞・大江賞受賞作家の衝撃の物語。

中沢新一著
鳥の仏教

カッコウに姿を変えた観音菩薩が語る、ブッダの貴い知恵。仏教思想のエッセンスに満ちた入門編。カラー挿絵多数収録。

田中慎弥著
切れた鎖
三島由紀夫賞・川端康成文学賞受賞

海峡からの流れ者が興した宗教が汚す、旧家の栄光。因習息づく共同体の崩壊を描き、格差社会の片隅から世界を揺さぶる新文学。

江國香織著
がらくた
島清恋愛文学賞受賞

海外のリゾートで出会った45歳の柊子と15歳の美しい少女・美海。再会した東京で、夫を交え複雑に絡み合う人間関係を描く恋愛小説。

江國香織著
東京タワー

恋はするものじゃなくて、おちるもの——。いつか、きっと、突然に……。東京タワーが見える街で繰り広げられる狂おしい恋愛模様。

黒川創著
かもめの日
読売文学賞受賞
「わたしはかもめ」女性宇宙飛行士の声は、空から降りて、私たちの孤独をつなぐ。FM局を舞台に都会の24時間を織り上げた物語。

小澤征良著
しずかの朝
恋人も仕事も失った25歳のしずか。横浜の洋館に暮らす老婦人ターニャとの出会いが、彼女を変えていく——。優しい再生の物語。

酒井順子著
都《みやこ》と京《みやこ》
東京vs.京都。ふたつの「みやこ」とそこに生きる人間のキャラはどうしてこんなに違うのか。東女《あずまおんな》が鋭く斬り込む、比較文化エッセイ。

重松清著
きみの友だち
僕らはいつも探してる、「友だち」のほんとうの意味——。優等生にひねた奴、弱虫や八方美人。それぞれの物語が織りなす連作長編。

重松清著
ナイフ
坪田譲治文学賞受賞
ある日突然、クラスメイト全員が敵になる。私たちは、そんな世界に生を受けた——。五つの家族は、いじめとのたたかいを開始する。

重松清著
きよしこ
伝わるよ、きっと——。少年はしゃべることが苦手で、悔しかった。大切なことを言えなかったすべての人に捧げる珠玉の少年小説。

キャンセルされた街《まち》の案内《あんない》

新潮文庫　よ－27－5

平成二十四年六月一日発行

著者　吉《よし》田《だ》修《しゅう》一《いち》

発行者　佐藤隆信

発行所　株式会社　新潮社

郵便番号　一六二－八七一一
東京都新宿区矢来町七一
電話　編集部(〇三)三二六六－五四四〇
　　　読者係(〇三)三二六六－五一一一
http://www.shinchosha.co.jp

価格はカバーに表示してあります。

乱丁・落丁本は、ご面倒ですが小社読者係宛ご送付ください。送料小社負担にてお取替えいたします。

印刷・大日本印刷株式会社　製本・加藤製本株式会社

ISBN978-4-10-128755-3 C0193